U0742756

漫漫锦绣路

MANMAN JINXIU LU

李书勤◎著

国家一级出版社

中国纺织出版社

全国百佳图书出版单位

图书在版编目（CIP）数据

漫漫锦绣路 / 李书勤著 . -- 北京：中国纺织出版社，
2018.7（2025.1 重印）

ISBN 978-7-5180-5218-9

Ⅰ . ①漫… Ⅱ . ①李… Ⅲ . ①回忆录—中国—当代
Ⅳ . ① I251

中国版本图书馆 CIP 数据核字（2018）第 152053 号

策划编辑：沈 靖 孔会云 责任编辑：沈 靖
责任校对：楼旭红 责任设计：何 建 责任印制：何 建

中国纺织出版社出版发行
地址：北京市朝阳区百子湾东里A407号楼 邮政编码：100124
销售电话：010 — 67004422 传真：010 — 87155801
http://www.c-textilep.com
中国纺织出版社天猫旗舰店
官方微博http://weibo.com/2119887771
永清县晔盛亚胶印有限公司印刷 各地新华书店经销
2018 年 7 月第 1 版 2025 年 1 月第 2 次印刷
开本：880×1230 1/32 印张：7
字数：106 千字 定价：78.00 元

凡购本书，如有缺页、倒页、脱页，由本社图书营销中心调换

海納百川

与会勤勉其趣
戊戌年三月十日
松

读书勤见新著多感

漫漫归途意途茫，报恩心为

学孜孜求松楷是精神

戊戌年仲春 全之书于首都

序

正值 2018 年春暖花开时节，李书勤的《漫漫锦绣路》一书出版了，我作为该书作者的朋友，由衷感到高兴，表示热诚祝贺！

李书勤先生原任河南省纺织厅副厅长，于 1995 年任正厅级巡视员。退休之后，鉴于他在纺织专业方面的学识和资历，仍被推举为河南省纺织行业协会会长兼河南省纺织工程学会理事长。不过毕竟是离开了一线，有了较多的时间，使这位从事纺织行业数十年的老高工，能够静下心来，回望一下走过的大半生路程，并把那激情燃烧的岁月、那些终生难忘的困厄和艰辛、那些曾经给自己带来喜怒哀乐的传奇，梳理记录集结出版，这无疑是一桩有意义的事。

当然，这样做并不是一味怀旧，也不是追记流水账，更不是借以为个人树碑立传，而是通过回顾亲身经历，讲述 70 多年来发生在自己身边的故事，以给后人提供经验和帮助。这里包括难以忘怀的乡愁，难以割舍的浓浓亲情以及祖辈、家族的溯源，个人求学的经历，童年时的苦与乐。把诸多印象深刻的片段记录下来，再用今天的眼光和思维加以审视，从而客观、理性地认识过去，更加珍惜来之不易的幸福。对那些有意义的事和有恩于他的人永远牢记，正如孔子所说"往者不可谏，来者犹可追"，深信随着新时代的起航，国家的未来一定会更加美好。

"书山有路勤为径，学海无涯苦作舟。"这句谚语对于李书勤来说，可谓名副其实。值得高兴的是，李书勤自从踏入社会，走上工作岗位，不忘初心，从未辜负亲朋的期望。随着国家形势的变化，他始终刻苦努力，脚踏实地，坚持不懈，披荆斩棘，终于走出了一条锦绣之路。

作为他的同乡和小学、中学的同窗，我清楚地记得，无论是在小学还是初中、高中阶段，李书勤的学习成绩都是拔尖的，用现在的话说，一直是个"学霸"。有人说他"天资聪明，记忆力强"，他却说"其实是自己刻苦勤奋，学习方法对头"。正是凭着这种刻苦精神，他在国家经济最困难的1962年，以优异成绩考取了华东纺织工学院。有人问他："凭你的成绩，为啥不报考北京的名牌高校？"他只是笑答："我向往去上海读书。"对于他的这一解释，同学们一直无法理解。

直到50多年后的现在，读了这本《漫漫锦绣路》，我似乎找到了答案。原来他刚上小学时，看到一本拼图测命运的书，测出自己是"锦绣之命"，出于好奇，便对"锦绣"产生了兴趣。高考选报志愿时，他发现了"华东纺织工学院"，校址又是在上海，于是就毫不犹豫地选择了该校。这一去，此生便与纺织结下了不解之缘。大学毕业时他自愿报名到新建的三门峡市国营会兴棉纺织厂，从修机工起步，后又当过工段长、车间主任、副厂长、厂长，直到省纺织厅副厅长、厅级巡视员、省纺织行业协会会长、中国纺织工程学会顾问，一下子干了五十多年，而且干得风风火火，有滋有味，成为全省纺织行业德高望重的长者。当然，这并非说他生就的"锦绣之命"，而是他从小就对纺织感兴趣，也是他此生的缘分。更重要的是，他一旦跨进了这个行业，便对纺织产生了挚爱深情，并锻就了自己坚强的事业心。

《漫漫锦绣路》是一部纪实性的回忆录，书中讲述了诸多生动的故事。由于亲身经历，事实准确，既不夸大，也不贬损；通篇无华丽辞藻和庸赘之语，对每个人、每件事的回忆，都本着实事求是的原则。俗话说，"文如其人"，这正是李书勤为人处世的风格，所以了解他的人这样评价他：观其人，风度儒雅而睿智；观其文，洒脱流利而隽永。此书从头至尾，始终体现一个"真"字，即：真人、真事、真言、真情，读起来感觉畅快淋漓，即是最好的体现。

慎廷凯

（慎廷凯，原为郑州报业集团调研员、高级编辑，曾任郑州日报社副总编辑，现为河南省新闻广播电视总局报刊审读专家和省杂文学会副会长、郑州市杂文学会会长。）

前　言

　　我从事纺织行业工作至今已经有半个多世纪了，由于工作关系，我拿起笔来写文章的机会比较少。人们常说"好记性不如烂笔头"，可我就是爱想、爱记、懒得写，我的懒笔头是出了名的。好在这些年我的讲话，都在本本，没有出现什么差池，也算是幸事一桩吧！

　　人一旦上了年纪，就容易想起一件事，什么事？"后事"。"后事"者，子孙之事也。"千金难买子孙贤"，子孙贤孝与不肖，就是一般老人常常关心的"后事"。为保证后代忠贞孝贤，一身正气，让他们"不忘初心，砥砺奋进"，做个好人，"懒笔头"的我，也得振奋起来，动手写点东西，留点东西给他们。让他们知道自己祖辈艰苦奋斗的岁月，让他们知道祖辈的生活不易和在坎坷奋进中百折不挠的精神。

　　连我自己都没想到，"懒笔头"的我居然写了一本书，并且是一气呵成。这要归功于我的好友——杂文大家慎廷凯和中国纺织报资深记者李秀明的支持和鼓励，他们对文稿字斟句酌，连标点符号也不放过，对他们的友谊和感激，我将永记心头。

编写此书，我主要是想与亲朋好友分享成长的经历，特别是想给后代留个念想。如果后辈子孙能把此书当作秘籍，书中"三宝"一定能使其受益终生。此"三宝"者，一曰慈，二曰俭，三曰不敢为天下先。"先"者，争名夺利抢先之谓也。点到为止，重在修行，恕不赘言。

李书勤

2018 年 5 月

目　录

一　新密不新

我出生在河南省密县，密县是我的老家。

原来的密县，现在叫新密市，位于中原腹地，西枕嵩岳，北望黄河，南连具茨山，东接大平原，地理位置十分重要，走进新密，悠久历史扑面而来。

新密已有2200多年历史。在上古，新密境域主要有熊、补、鄶等古国。在尧、舜、禹、夏、商之时，新密属豫州之地，为夏启建都之所。周朝建立，密县获封，姬姓，治在大隗。西周后期，密国为周宣王所灭，密县之地归鄶国。郑国东迁后，"主芣隗而食溱洧"，密境的鄶、补、华三国为郑所灭而并入其境。郑国在旧密国基础上建置新密邑。公元前375年，郑国被韩国所灭，公元前230年，韩国被秦国所

伏羲山祖庙

1

灭，密县属三川郡管辖。

到汉初公元前205年，设置密县，县城在大隗镇，密县开始了建县的历史。

宋欧阳修写了一篇千古美文《醉翁亭记》，开头就写道："环滁皆山也。其西南诸峰，林壑尤美，望之蔚然而深秀者，琅琊也。"这篇字字珠玑的美文至今传诵，原来名不见经传的滁州因此而名扬天下，人人争趋之。我就曾到过滁州，到过文中所说的西南诸峰，到过"醉翁亭"，并看到了苏东坡所书的《醉翁亭记》。果然是"日出而林霏开，云归而岩穴暝"，"野芳发而幽香，佳木秀而繁阴"。而我的老家密县呢？

在此我引用清代密县举人韩维屏所写的《密问》一文中的一段，试言之："环密皆山也，其正北青屏俊秀，其后三峰特起，势插云表，迤西而开旸雪霁，雄伟凝重，又西则起伏相连，势若游龙，是曰龙岩，再西伞盖香炉相对并峙，土人呼之为小顶云。在《山海经》所云：浮戏之山，下有绥溪绥水出焉，实县西之大方山；势高而大，林木森蔚，非樵不登，其西南诸峰，形如削成，望之魏然而双峙者，则海山与香山也；连亘而南，复折而东，一峰特起，高出群山，形如俯涧，是曰栲栳，至于古柏茂林，下有龙湫者，为柏崖山，其他有如七敏、大鸿、石楼、大隗，而总名之曰具茨山，盖极密山之佳丽，而为县治之大观也！"

"密之水，涧溪沼沚，积而成川，清湛可以见鳞，险隘不能通舟，然而，积一夕而成多，附众流而东注，密水莫大于洧，其源出马岭山；东至交流崖与溱水合，所谓双洎河是也。"

总之，密县山川锦绣，风光迤逦，亘古以来，溱洧二水，浩浩荡荡，汇聚东流，具茨浮戏二山，列密南北，连绵巍峨，郁郁苍苍，胜景不胜枚举。青屏叠翠，大隗晴岚，开暘雪霁，溱洧观鱼，古迹胜景不输滁州琅琊也！

密县历史悠久，文化灿烂。自万余年前新石器时代始，裴李岗文化、仰韶文化、龙山文化、二里头文化和二里岗文化等便在密县产生兴起，绵延不绝，加之近年古城寨遗址、有熊之墟、祝融之墟、新砦遗址、郐国故城、古郑城、密国都城、补国城等古都群的发现发掘，以及"黄帝都城""夏启都城""中国羲皇文化之乡""岐黄文化发祥圣地"的考证认定，新密溱洧流域中心作为人文始祖伏羲、轩辕启鸿蒙之地，明天道之所，肇造华夏文明之区域，已为世所公认。

密县的每一片土地，每一条河流，都布满了历史的沧桑，印证着人类迈向文明的蹒跚步伐。数千年来，绵延的溱洧之水，哺育了丰饶的新密大地；千载

补国城遗址

以降，奇丽的伏羲，具茨二山承继着述说不尽的远古遗风。新密，在上万年的漫长历史中，仿佛璀璨的珍珠深埋于地下，敛光藏蕴。随着 2000 年以来国内考古界在新密的一次次惊人发现，古老与文明，犹如中原文化的耀眼地标，兀然挺立在世人面前……

"溱与洧，方涣涣兮。士与女，方秉蕳兮。"这里描绘的地方，正是《诗经》中的溱洧河畔，《史记》中的轩辕之丘。"我家溱洧间，春水色如酒。嵩少在吾旁，日夕意亦厚。"这是古人眼中美丽的溱洧。

"山如堂者密"，这是古人对新密地理的形象描绘，三面环山的新密，人文与美景相融，历史与山水并存，使新密的秀美风光别具一番深意，平添一段风流。

我的老家在密县，确切地说是在密县城南关。

"密县城真可夸，琉璃影壁玉石塔。"这是在民间广为流传的歌谣，至今述说着人们对千年古城昔日美好年华的怀念，那一份挥之不去的记忆，时时在人们的心头隐现。翻开清嘉庆二十二年（1817年）《密县志》，对照如今的密县老城建筑，书中的城廓图标注的县衙、城隍庙、文庙、法海寺、桧阳书院、卓君庙、节孝坊、火神庙、关帝庙、惠政桥……都能在今天的老城中找到其苍老的身影。街道仍旧是昔日的老街道，魏氏家祠、杨家宅院、进士第、御史第等数不清的明清建筑，隐身于僻静小巷，依然如昔。人流已不是往昔的熙熙攘攘，但从当地住民的热情描述中，似乎能找到他们对久远岁月的眷恋。

老城北依青屏，东承云蒙，南临洧水，山环水抱，地理形胜，历经隋、唐、宋、元、明、清、民国及新中国的一段时期，共计1400年左右。作为一个地方政治、经济、军事、文化中心，这座古老的县城已成为封建社会的历史缩影。

据传，隋代在选新密老城城址时，有两个备选地方：一个是老城城西的士郭村，另一个是如今的老城区。按照"形势宗堪舆学"，士郭的地运和理运都不如老城，老城为阳地，北有青屏山作屏障，南有洧水环绕，是平地与丘陵、山与水相结合的风水宝地，县衙坐北朝南，建在正穴，向周围辐射，确定出城郭及面积。

据史料记载：老城之地，既不是长方形，也不是正方形，因城北有一条小溪，由东向西流入老龙潭，老龙潭水向西南流入绥水。所以，当初筑城时，东、西、南都是直线墙体，而北城墙是沿老龙潭沟边建筑。这正是古代"因地制宜，以险制塞"建城思想的反映。

老城的街道以东西为主，呈扁担翘形，从东门看不到西门，据说是建城时有意而为之，县衙在十字街北，正处扁担的上翘，意为县官受到县城人民的抬举，是高贵的意思。

在十字街东200米处，有一石桥，正对杨家拐。它是有三个桥洞的石拱桥，桥面高于地面1.5米，两边有玉栏杆，虽然不大，却精美别致，成为老城一景。三个桥洞上方两端各有一个石雕虎头，共六个，所以也称虎头桥。以前老城的街道均用青石铺砌，是通往郑州、登封的交通要道，各种车辆和行人都要从石桥上经过，由于年代久远，桥上石板十分光滑，重车马从桥上经过时，到距桥50米处，车夫便开始加鞭，利用惯性过桥，否则就上不去。因此，老城的桥远近闻名。石桥原名"通济桥"，是老城主要的排水工程，老城十字街以东半个县城的雨水都从这里流入南关河。夏天大雨后，积水从三个一人多高的桥洞喷涌而出，落差6米多高，形成三股水流的大瀑布，声如狮吼虎啸，十分壮观。

据说，为了取吉利，县官出行时，要先走上坡路，不能一出门就下坡。所以，在南街口砌一马鞍形石坡路，东街建一石拱桥。而西街是命犯行刑时经过的街道，故没有凸起的部分，走的是下坡路。

二十世纪五十年代初，我上小学的时候，老城墙和城大门都保存完好。上学的必经之地有三处令我难以忘怀。一是城南门，二是距城南门不远，南街路东高门台的御史第，三是衙闸。

先说城南门。那时城南门还有两扇黑漆大门，两扇门都有些破旧斑驳，但可以开合，我有时贪玩，就坐在大门的横杠上晃荡。当然，其他的小孩也会像我一样各占一门晃荡，那时谁都没有玩具，小孩们都把城大门当玩具，现在想起来，感到可笑。

再说御史第。"御史第"是一块红底黑字大匾，挂在门楼上，里面院子很大，房屋却不多，也没有什么好房子。御史第的主人是张绍衣，新密古城南街人，为清嘉庆庚午（1810年）科举人，嘉庆二十二年丁丑（1817年）科进士，嘉庆二十五年（1820年）钦点户部主事，加三级，后转升御史。张绍衣为官期间，风节凛然，不忘乡邻，每次返乡都是一进城即下马步行，遇见人必先搭话，到家后，便走亲串户，嘘

古县衙正门

寒问暖，毫无官宦之气，深得乡亲们好评。张绍衣不避权贵，节俭持家，虽然身为京官，却不建豪宅，与普通人家无异。他的严于律己、宽以待人、以德修身的高尚情操，值得我们后人学习。

最后说衙闩。由密县老县衙过钟鼓楼至十字路口这一段地方，当地群众统称为衙闩，也叫鼓楼街。

我对鼓楼街最深的印象是在距衙门50米处，有一个叫"三景楼"的大酒店，紧靠酒店的西南角有一颗大古槐树，古槐直径约1.2米，五个人伸开双臂才能抱得住。古槐枝繁叶茂，将整个衙前全部覆盖。槐树向北延伸到衙前影壁墙，南延伸到鼓楼北屋檐，东延伸过街到对面人家屋顶。说起这颗老槐树，有不少传奇故事，大家称它为"神槐"。也许因为该树的树龄太久远，千年左右，树身上有多处裂缝和空洞，有一条蛇在夏天出洞乘凉，群众发现后称为"神龙"，每当夜深人静，住在附近的人还看见在古槐的枝叶间有小白兔奔跑追逐。不少人相信这棵古树上有"仙家"，把它当"神"敬，前往许愿烧香、认干亲、求仙拜药。一时衙闹热闹非凡，算是城里一景吧。

密县城内东西大街上的石板路不仅光滑，而且还有两道车辙印。从东街到西街还有十几座精美的青石牌坊。

从十字街往西走，路北还有城隍庙前的琉璃影壁，还有法海寺里的玉石塔，老城里古东西、好东西太多了，多少话也说不完。

城外，更有许多古东西、好东西。在县西北有个最高的山峰叫五指岭，它周围的山峰统称浮戏山，是以中华民族上古祖先、三皇之首伏羲命名的。说到伏羲，就联想到炼五色石补天的女娲。在五指岭各处都可以捡到五彩斑斓的石块。

在县城北，有座开阳山，山南坡有座开阳庙，是祭祀炎帝神农氏的。城南关也有一座炎帝庙，炎帝就是火神，密县火神庙特别多。老城西9公里处有补子庙和补国城遗址，史学家认为是三皇时期的补国。《路史·国名纪云》将"补"列入三皇时期的侯伯之国，并说，"炎帝伐补遂"。这说明炎帝神农氏曾长

青石牌坊

琉璃影壁

期在新密一带活动。自古即有"神农尝百草一日九中毒"的传说，民间传说神农氏采药给老百姓治病，跑遍了密县的山山水水，由于他的发现和尝试，后世有了《神农本草经》。据《密县志》记载，密县境内野生药材有 1296 种。

据《庄子》《枹朴子》等历史文献记载，黄帝在密县南具茨山等地的活动主要有：大隗山是黄帝拜访智者大隗真人之地；风后岭是黄帝拜风后为相之地；卧龙台山是黄帝向广成子问道处；云崖宫是黄帝当年讲武备战处；轩辕丘是黄帝建都安邦的城池。

还有一处地方叫天仙庙，也和黄帝有关，据《徐

11

霞客游记》记载，徐霞客于天启三年（1623 年）到密县游览，他写道："过密县，抵天仙院。院祀天仙，黄帝之三女也。"《中州杂俎》中说："黄帝有三女，俱辞学道，后 17 年归省，一夕同逝，合葬于此，明年冢上生松，色如傅粉，一本三干，高八九丈，大四抱余，盘根虬枝，其叶青翠。"

上古时代的密县，气候湿润，雨量丰沛，植被茂盛，森林广被，起伏的沟壑阻挡了凌冽的寒风，郁郁的树木遮蔽了炎炎的烈日。土地虽不平坦，但很肥沃，地域虽不宽广，但天然成箕形，南北西三面山脉，围护着先民的安宁。春天来时，原野上野花灼灼；秋天时节，果实一串串挂在枝头……三皇们在此留下了他们的足迹，以及他们的创举、他们的功业。许多专家说："中华文明是从这里起步的。""一千年看北京，三千年看西安，五千年看新密。"岂虚言哉！

密县那么古老久远，老城那么破旧，怎么能叫新呢？又老又古又旧，新从何来？故，我说是新密不新。特别是由于密县处于四塞之地，石厚土薄，历经战乱等人为破坏，已经不是地灵人杰了。老城的城墙，东西大街的石板路，以及那充满历史感和文化意蕴的十几座牌坊；西大街城隍庙前建于明洪武年间的石牌坊和琉璃影壁；那建于宋真宗咸平三年（1000

年）的法海寺玉石塔；那建于隋朝的超化寺塔；连衙
闹的那株千年老槐树……都是新中国成立后被密县自
己人给挖掉扳倒的。难怪河南考古和文化界的泰斗安
金槐老先生说："密县人太没文化了。"这句话，是很
令人心痛的！

密县人为什么比其他地方的人显得没文化？难
道是古圣先贤把密县的灵气带走了吗？难道是几次衣
冠南渡把文化种子带走了吗？密县文风不盛，在青屏
山顶建的"文峰塔"能改变密县的风水吗？历史在前
进，人民在进步，我相信一切都会变。

观今天新密之气象，我惊奇、我感叹、我点赞！
她已经旧貌换新颜。东起摩旗山，经青屏，过开旸，
西到伏羲山，一片新城拔地而起，座座高楼，鳞次栉
比，郑少高速贯通其间，周遭树木葱郁，处处莺歌燕
舞，太平景象充盈天地。我等待一个更加干净、富
足文明、风清气正的新密以崭新的形象展现在世人
面前。

愿古老的新密，日新月异，新而又新。

二　根在何处

《道德经》第四十章原文是"反者，道之动；弱者，道之用。天下万物生于有，有生于无。"这是2500多年前春秋时期老子说过的话。

树有根，水有源。追本溯源是人类永恒的追求。那么李姓怎么来的？

据最新统计，"李"姓是中国第一大姓，约1亿人，占全中国总人口的7.9%。中国华夏族的根是三皇五帝。《坤灵图》云："德配天地在正不在私，曰帝。"皇甫谧《帝王世纪》以伏羲、神农、黄帝为三皇，少昊、颛顼、高辛、唐尧、虞舜为五帝。那么李姓的根是谁呢？

屈原在《离骚》中说自己是"帝高阳之苗裔兮，朕皇考曰伯庸"。我们李姓也是"帝高阳之苗裔"，"帝颛顼高阳者，黄帝之孙而昌意之子也。颛顼帝静渊以有谋，疏通而知事"。西汉《淮南子》载："昔者共工与颛顼争为帝，怒而触不周之山，天柱折，地维绝。天倾西北，故日月星辰移焉；地不满东南，故水潦尘埃归焉。"颛顼在位期间，创制九州，使中国首次有了版图界线，建立统治机构，订婚姻，制嫁

14

娶，男女有别，长幼有序；改革甲历，定下四季和二十四节气，后人推之为"历宗"。颛顼是中华文明的主要奠基者之一。他创造了玉文化和龙文化，"在位七十八年，年九十八"。传世之子有二十四人，其中"庭坚"即李姓始祖皋陶也。

《论衡》载："五帝，三王，皋陶，孔子人之圣也。"

皋陶生于曲阜（一传为山西洪洞县皋陶村人）。《史记》："尧老，使舜摄行天子政，而禹、皋陶、契、后稷、伯夷、益、彭祖等自尧时而皆举用，未有分职。"后来舜帝命皋陶作"士"，舜曰："皋陶，蛮夷猾夏，寇贼奸轨，汝作士，五刑有服，五服三就，五流有度，五度三居，维明能信。"这时皋陶就当了舜帝的"最高法院院长"。到了大禹当政的时候仍命皋陶继续当"法院院长"。皋陶"明于五刑，以弼五教"，主张五刑处于辅助地位，对犯有罪行的人要先晓之理，不听教化，再绳之以法。

"五教"是：父义、母慈、兄友、弟恭、子孝。意在教育人们懂得并恪守最基本的几种关系，使人们彼此和睦，互相谦让，知道什么该做什么不该做，以建成一个没有犯罪行为的和谐社会，达到长治久安的目的。所以，舜盛赞皋陶"汝作士，明于五刑，以弼五教，期于予治。刑期五刑，民协于中，时乃功，懋哉！"

"舜禅禹，禹即帝位，以皋陶为最贤，荐之于天，将有禅意，未及禅，会皋陶卒"，享年 106 岁，葬之于六（今安徽六安市）。皋陶一直担任"理官"，李唐王朝就认皋陶为李姓的始祖，唐玄宗天宝二年（743年）追封其为"德明皇帝"。其创造的刑狱，倡导的明刑弼教以化万民思想，为 4000 多年来我国各个时期制定、完善、充实各项法律制度，奠定了坚实的基础。因此，他被奉为"司法鼻祖"，被历代称为"圣臣"。

皋陶的 26 世孙理征是商纣王的理官，因上谏言得罪了纣王，面临灭顶之灾，其子利贞随母契和氏出逃至伊侯之墟食木子而得全，遂改理为李氏。故李姓与理姓同宗。李利贞为皋陶 27 世孙，为李姓一世祖。

周时裔孙曰"乾"，字元果，娶益寿氏女婴敷，生子"耳"，初名玄禄，为利贞 17 世孙、皋陶 43 世孙。《史记》载："老子者，楚苦县厉乡曲仁里人也，姓李氏，名耳，字聃，周守藏室之史也。"孔子曾经到洛阳问礼于老子，并且对他的弟子说："吾今日见老子，其犹龙邪！""老子修道德，其学以自隐无名为务。居周久之，见周之衰，乃遂去。至关，关令尹喜曰：子将隐矣，强为我著书。于是老子乃著书上下篇，言道德之意五千余言而去。莫知其所终。"《列仙传》载："老子西游，关令尹喜望见有紫气浮关，而老子果乘青牛而过也。"

李宗（18世），老子之子，字尊祖，为魏文侯将军，封于段干（济南历城西段店，山东冠县干集）。李同（19世），老子之孙，李宗之子，任赵国将军。李昙（26世），秦昭襄王时任司徒，生二子，长子李崇（27世）在陇西郡为郡守，封南郑公，是陇西李氏始祖；次子李瑶（27世）为秦南郡守，封狄道侯，世居赵郡，为赵郡李的开基之祖，赵国名将武安君李牧为其后也。李信（29世），秦国大将军，封陇西侯，助秦王政攻灭六国，为汉飞将军李广为五世始祖。还有唐高祖李渊（56世）、唐太宗李世民（57世）……陇西李氏与赵郡李氏都是当地的名门望族。唐朝初年，全国郡姓中有五姓七家，李姓就占了两家。陇西、赵郡李氏人物尤多，各盛家风，世言高华，被列一等。

李姓在唐朝最为显赫，因为唐朝是李家的天下，李是"国姓"。唐初，凡是跟着李渊、李世民打天下的文臣武将，如徐、邴、安、杜、胡、弘、郭、麻、张、董、罗及少数民族的鲜于、阿布、阿跌、金利、朱邪等姓人，均因有功而被赐从唐朝的"国姓"，都改姓李氏，大大扩充了李姓人口。

另外，北魏孝文帝从平城（今山西大同）迁都洛阳后，命鲜卑人改汉姓，其中的代北复姓吃李氏，被改为单姓李氏，这也是后代李姓的来源之一。

李姓在历史上出现过许多著名人物。紫气东来、骑青牛西出函谷关的老子自不必说，就说他写的《道德经》一书早已被世界各国所公认，这本书是除《圣经》以外，发行量世界第二大的一本书。

李世民被称为千古一帝，被其他民族称为天可汗，贞观之治被历代统治者所称颂效仿，至今中国人亦被称为唐人，唐人街遍布世界各地。

战国时期秦国的水利专家李冰父子，带领人民所修筑的水利工程都江堰泽被后代子孙，四川至今还称为天府之国。

汉代的飞将军李广是当时的战神，唐代王昌龄在《出塞》诗中写道："秦时明月汉时关，万里长征人未还。但使龙城飞将在，不教胡马度阴山。"史记太史公赞之曰："桃李不言，下自成蹊。"唐朝诗人卢纶有诗曰："林暗草惊风，将军夜引弓。平明寻白羽，没在石棱中。"写将军神力也。

唐朝大诗人、谪仙人、诗仙李白，宋代女词人、风情万种的易安居士李清照，明代医学家、穷一生之力写成《本草纲目》的李时珍……李姓不仅是大姓，而且是英才辈出、代不乏人的大姓，为中华民族的繁荣昌盛贡献巨大。作为李姓子孙，我是自豪和骄傲的。

下面说说我们家的李姓来源吧！

我们家的李姓属陇西李，由于屡历劫难，家谱遗失，到明末已经不知道是几世几代了。唯有祖坟墓碑上载："余祖山西洪洞人也，由明永乐迁密城东二里许，遂家焉。谱牒失传，始祖无所考。""问我祖先来何处，山西洪洞大槐树。问我老家在哪里，山西洪洞老鸹窝。"这是新密长期流传的一首民谣，它如实记录了洪洞迁密的历史事实。

元朝在中国的统治只有89年，到了元朝末年，由于蒙古贵族及封建地主对中原实行严苛的民族压迫和血腥的杀戮政策，元军镇压手段残忍，无所不用其极，兵祸连连，过皆屠城，百姓"十亡七八"。元至正十二年九月，元丞相"脱脱破徐州，遂屠其城"。元至正十七年、二十一年，元军察罕帖木儿部与农民起义军战，"两战皆败之，斩首万余级"。连年的战争使人口大幅减少，中原呈现"春燕回来无栖处，赤地千里少人烟"的凄惨景象。元末明初除兵乱之外，水、旱、蝗、疫之灾也空前未有。黄河、淮河又多次决口，使中原之地"淹没田庐无算，死亡百姓无数，村庄城邑多成荒墟"。据《元史》记载：元末至正元年（1341年）到二十六年（1366年），旱、涝、蝗、疫之灾计有18次，几乎每年都有特大洪水，雨旱灾

17 次，从元统三年（1335 年）到至正末年的十几年中有 15 次大饥荒，山东、河南出现"民食蝗，人相食"的惨状。密县位居中原之中，是重灾区。

明初统治者对于人口剧减、生产力大衰退的情况十分清楚，万分着急，朱元璋也十分明白："丧乱之后，中原草莽，人民稀少，所谓田野辟，户口增，此正中原之急务。"地方官员也纷纷上书，请求充实空旷之野，发展生产，提高财力。早在洪武三年（1370 年），郑州知州苏琦就提出"事宜三事"，其第三事即"垦田以实中原"。而山西由于战争很少波及，环境相对稳定，加上连年风调雨顺，因而经济繁荣，人丁兴旺。再者，外省也有大量难民流入山西，致使山西成了人口稠密地区。山西人口和中原人口相比极不平衡。据《明实录》记载：洪武十四年（1381 年），河南人口为 189.1 万人，河北人口为 189.3 万人，而山西人口为 403.04 万人，比河南、河北人口总和还多 24.64 万人。因为山西"有丁无田"，中原"有田无丁"，为发展中原生产，解决民生困难，明朝政府进行了有组织、有计划的移民。

洪洞移民自洪武三年（1370 年）六月起，到永乐十四年（1416 年）十一月结束，长达半个世纪，前后计有 18 次之多。明朝政府下令山西地少人多的地方，每户分出人丁，前往河南等地开荒种田。并派专人前往山西办理移民事宜，宣布凡愿迁往河南一带的，立即"验丁给田"，并发给钱钞 20 锭作为安家费用。根据《明史》记载，洪洞大槐树移民分布在 18 个省市、500 个县市，其中分布河南 106 个县。

根据《山西洪洞县大槐树志》记载："明初移民，山西各州县被迁徙的老百姓，曾指定荟萃于洪洞县大槐树下。大槐树在洪洞县城北望霍门外三华里处坡底村广济寺。广济寺位临通衢，东滨汾河，寺左有汉槐一棵，高标百尺，盘日孥云，浓荫蔽数亩。寺内有佛塔一尊，巍然矗立，上插云标，树塔参天拔地，目标显著，十数里外，清晰可见。官府在广济寺设局驻员，发给凭照川资，然后分遣就道，各赴指定省县。"

广济寺汉槐上众多老鸹窝，年长日久，特别是到了冬天，树叶凋落之时，老鸹窝在古槐树上星罗棋布，甚为醒目，被迁之民就在大槐树下办理迁徙手续，然后被编队遣送。

相传，明朝大移民时，老百姓谁都不愿意离开自己的家，官府贴出告示，欺骗老百姓说："不愿意迁移者，到大槐树集合，三天内赶到。"人们听到这个消息，纷纷赶到大槐树下。第三天，大槐树下聚集了十几万人，突然，大队官兵包围了百姓，官员宣布皇命"凡来大槐树下，一律外迁各省"。人们这才恍然大悟，但为时已晚。官员强制老百姓登记，发凭照，为防止人们逃跑，被迁徙的人都是小绑，就是拴住一只手，一根绳子把人们连成一串，有人临时要大小便，只好请求押解的人把手解开。最初，只是说"报告长官，我要大小便，请把我的手解开"。由于人多，解手的次数多了，"解手"就简化成了大小便的专用词，沿用至今。人们从大槐树出发，故土难离，一步一回头，大槐树、老鸹窝就在人们心里留下了强烈的记忆，大槐树在洪洞移民心中就成了故乡的标志。

来自大槐树的山西移民和原有的居民一起，艰苦创业，辛勤劳动，开发了密县大地，改变了元朝末年"地旷人稀""田园荒芜"的残破局面，经济得到了恢复和发展。根据《密县志》记载，明万历三年（1575年）密县人口为32267人，比洪武二十二年（1389年）增长45%，耕地也增加3倍以上。社会秩序稳定了，县城也得到了建设，洪武四年（1371年），密县县令奉皇命在县城建设了规模宏伟的城隍庙、钟楼、鼓楼、戏楼、大殿、后殿，布局俨然，巍峨壮观，又在殿内塑了纪信神像，乞求城隍神"剪恶除凶，保国安邦"。

我一世祖讳义，原籍山西洪洞县，永乐年间迁密，初居城东二里许，祖坟在皂角树沟北，世称李老坟。明末谱牒失传，据清嘉庆年棠梨树老坟碑记载

"四世祖讳景陇"，前数世祖先名讳失考。雍正十年八世祖曰乾公，中壬子科举人后，隐居平陌香山不仕。

据清嘉庆《密县志》载："李曰乾，字大生，举人，少孤贫，嗜读。笃爱弱弟，与人交不欺然诺。"

大生（8世）生子相（9世），相生三子，长子翊青、次子翔青、三子翱青。翔青（10世）生八子，长子锦堂、次子伦堂、三子晓堂、四子明堂、五子玉堂、六子勤堂、七子书堂、八子聚堂。翔青三子晓堂（11世）生二子，长子桂嵩、次子保嵩。晓堂次子保嵩生一子遂群（13世）。我爷李喜是14世，保嵩（12世）是我爷的爷。我父亲李遂保是15世，我是16世。寻根之旅，不在于回顾祖先们的光辉业绩，而在于要从他们身上学习做人、做事应有的品德、智慧和担当。即使是做一个平凡的人，也要不怕吃苦，不怕吃亏，不怕受委屈；做事要能够做到一丝不苟、耐心专注，并且乐在其中。要当好人，说好话，办好事，与人为善；上善若水，上德不德，为善最乐。这是我们的家风，要代代传承下去！

三　我的童年

我生于 1943 年 3 月 15 日。

75 年前的这一天是什么样的日子呀！从 1942 年至 1943 年河南发生了大饥荒。1942 年，河南夏秋两季没有下一滴雨，往地上浇一瓢水都滋滋冒烟。好多地方颗粒无收，成千上万的饥民剥光了树皮、捋光了树叶，连玉米芯、观音土都用来填肚子。

据当时河南一家杂志社的特派员记者报道，1942 年深冬到 1943 年年初，当时的河南偃师、巩县、汜水、荥阳、郑州等地已发生人吃人的现象。由作家刘震云编剧、冯小刚导演的电影《一九四二》，真实地再现了当年河南大饥荒的悲惨景象。据有关资料记载，河南省当时有 300 万人饿死，另有 300 万人西出潼关做流民，沿途饿死、病死，扒火车挤踩、摔轧而死者无数。密县为重灾县之一，据记载死亡数目为 30593 人。

我父亲活到 86 岁，1995 年去世。

我叔父活了 90 多岁，2016 年才去世。我和妻子每年清明节和中秋节都去看望叔父和婶母。父亲和叔父兄弟情深，父亲去世后，有许多从前的事，我就向

父亲和我（摄于 1991 年 8 月）

叔父请教。叔父虽然是文盲，但记忆力好，能表达清楚。有一次我问叔父："最近有个电影《一九四二》，您知道不知道？说的是民国三十一年'年馑'。"他说："我不知道这个电影，但是知道民国 31 年的'年馑'。那时饿死了好多人。"我又问他"我们家饿死人了吗？"他说："没有。"我问："为什么？"他说："那时候我们家做小生意，在县城蒸馍卖馍。你妈生下你不到三天就下地推磨磨面。"是啊！我们家熬过来了，靠着蒸馍卖馍的小生意，靠着父母的艰辛和呵护，才有了我今天的幸福生活。

大饥荒还没有完全过去，1944 年 4 月中旬，日寇对豫中发动了大规模进攻，国民党军在密县进行了顽强抵抗，日军在这里遭到了重大打击。国民党85军23师在师长张文心（国民党爱国将领张治中的弟弟）的率领下，防守密县，在阻止日军西进的战斗中表现异常英勇，血战数日，气壮山河。

4月23日10时许，日军三架飞机在阵地上空盘旋侦察。几分钟后，六架飞机向我方阵地轮番轰炸，老城十字街、南关一带被炸成废墟，平民死30多人。23师在密县与敌血战五昼夜，过半官兵壮烈牺牲。当天日寇占领县城，密县沦陷。

密县县城被日军占领前，我们一家人就向南到离县城30多里远、天爷洞附近的村庄里寻找避难地。叔父用扁担挑着两个筐，一个筐里坐着我，另一个筐里装着衣物。当年18岁的叔父跑得急急忙忙，累得两眼冒金花。到了地方，扁担向地上一撂就晕过去了。在窑洞中，紧挨着我们的也是一个逃难的中年妇女，看到这一情景，就对我家人说："这孩子是饿的。"并拿出一个烧饼掰了一半给叔父，叔父害羞不接，妈妈叫他谢谢人家，叔父才接下来，吃了以后，就好了。以上这些陈年往事，都是叔父生前告诉我的。

天爷洞，古称灵羊洞、灵岩洞，位于嵩山东延之余脉灵崖山上。灵崖山似山似岭，海拔几百米，十分陡峭，几为悬崖绝壁，半山腰有天然洞穴，适合人类居住，山下洧水环绕，山势巍峨，松柏苍郁，怪石嶙峋，从上到下由72洞组成，且多为连洞，洞洞相连，曲径通幽，景色奇丽无比。在1944年躲"老日"期间，我们一家人在天爷洞下清浅的洧水边，度过了一段清闲的日子。有时我会跟随去洗衣服的妈妈到洧水河边玩耍，尤其喜欢到河水里"摸鱼"，水清且浅，游鱼倏忽，刚过周岁咿呀学语、蹒跚学步的我一定是乐不可支的，并且也一定给家人和邻居带去了欢乐。以至于我长到四五岁时，长辈们会用"来摸摸鱼"逗大家开心，羞得我直向妈妈怀里钻。

我上学前，村子里大人、小孩高兴时喜欢叫我的外号"李老笨"。不管谁叫我"李老笨"，都使我不好意思，还不能发火。小小年纪的我也知道，人们叫我"李老笨"，并无什么恶意。人们为什么会给我起这么一个不太雅的外号呢？起因是我与村里年纪和我相仿的三四岁男孩子比上树，他们都会手脚并用上树，那树，当然是小树。可是，我只会用双手拽住树干，手脚不会配合，上不去树，吊在那里，所以大家就嘲笑我，叫我"李老笨"。后来，我上学了，就再也没人叫我这外号了，也算是给我面子了吧。

我家斜对面有一户姓杨的人家，在我四五岁的时候，他们家是做锅盔、卖锅盔的。他们家的锅盔又焦又暄，很好吃。我是家中的长子长孙，爷爷奶奶、父亲母亲都疼爱我，每天会拿出 5 分钱给我买一个锅盔。到我一上学这个待遇也就没有了。

密县是 1948 年 10 月 22 日全境获得解放的。新中国成立前，我们家有爷爷、奶奶、父亲、母亲、叔父、姐姐和我，七口人。

那时的农村是自然经济。先说吃，每一碗饭、一个饼都是从播种开始，中耕、施肥、收割、晾晒、收储，再用每个家庭都有的石磨把麦子或者是玉米磨成面粉，然后用面粉做成饭，一家人才能吃到嘴里。

再说穿，一家人的衣服、鞋袜、被褥，都是从种棉花开始的。从种棉花、摘棉花，把棉花纺成线，再织成布，每道程序都是纯手工。一家人从早到晚永不停歇。叔父年轻，干农活是一把好手，农活样样精通，耕地、播种、收割、扬场都是以叔父为主，他一辈子都面朝黄土背朝天，终其一生没离开过黄土地。

我奶奶和我妈，从我记事起她们就没有闲过。她们推磨磨面，纺纱织布，喂牲口，还给一家人做衣裳、做吃喝、做鞋袜，没日没夜。小时候，有多少夜晚，我是在妈妈的纺纱声中睡去的；稍大一点我陪奶奶睡，她每天白天有干不完的活，晚上还要几次起来喂驴子，给驴子拌草料。我父亲也干农活，主要是他粗识文墨，认得几个字，会算账，会做诸如卖馍、卖丸子汤这样的小生意。我妈和我奶奶的手，一年四季都像裂开的树皮，没见她们喊过累、叫过疼、埋怨过谁、向谁发过脾气。她们像一台永动机，不知疲倦地每天干活，永远有干不完的活。

那时，我们家有两个闲人，一个是爷爷，另一个是我。说我爷爷是闲人并不完全对，原因是我和我以后的弟弟、妹妹都是爷爷抱大的。

小时候我发现我们家有一现象，就是包括奶奶在内，除我妈和我之外，我爹和我叔对爷爷都不够尊重。对这段令人疑惑的记忆，我曾向年逾九十的叔父询问原因。叔父告诉我，爷爷年轻时是清朝衙门里的"保丁"，相当于现在城市里的协警，身扛长枪，爱打抱不平，同时又有一个坏毛病——赌博，为了还赌债就把家财、土地、房屋卖掉了。好房子、好土地让我亲爱的爷爷给卖掉了，我奶奶、我爹、我叔能没怨气吗？然而，我爷爷同时也卖掉了后来的"地主分子"帽子，使他的子孙少受多少罪，我是有切身体会的。真是世事无常，坏事变好事。新中国成立后土改，我们家地少被划为"贫农成分"，翻身分得了十几亩好地。

小时候，我们一家大人，从不见他们生什么病、吃什么药，而我则是每年都要生病，常生的是四种病：红眼病、痢疾、感冒、"打摆子"（疟疾）。得了病，在那时农村无药可吃、无医可看，治病都是用土办法。比如夏天痢疾，就用构树叶和面擀面条，再用蒜汁把下好的构树叶面条拌一下，说吃了就能好。常常是吃了不见好，但后来还是慢慢好了。"打摆子"靠躲，怎么躲？比如明天是"打摆子"发烧的日子，你明天就离开家到亲戚家去躲，躲在外可能该烧就不烧了，心理作用吧，有时还真有效。

冬天感冒是常事，我妈治我的感冒有两种办法：其一是用红糖炒芝麻，说吃了就会好；再不行，用第二种办法，这第二种办法有点神乎其神。

第二种办法在当时农村叫作"愿意、愿意"。用这种办法治病现在几乎成为绝响，不记录下来，以后人们就永远不会知道，农村治病曾经用过如此不可思议的办法。

我们那里，农村家家户户都会有一个灶台，靠近火炉的墙上，一般都会设或者凿出一个龛，龛里贴上灶王爷、灶王奶奶的像，过年过节是要给灶王爷和灶王奶奶上香的，希望他们上天言好事。

为了给我治病，我妈首先会在灶王爷像前放置一碗清水，然后拿一根筷子，在筷子头上用细线拴一块煤球大小的炉渣。接着，我妈拿着筷子将炉渣吊起来，垂直于水碗的水面，然后口中念念有词，她一只手捏住筷子，筷子始终不动，而筷子用细线吊着的炉渣块，在水碗水面上时而走直线，时而走横线，时而

祖孙三代（1984 年摄于三门峡市）

划圆圈，反反复复，来来往往，经过多次排除，最终锁定一个人。这个人，可能是阴人（女人），也可能是阳人（男人），如此等等，都是故去的曾经认识的人。最后，细线和被绑住的炉渣会静止于水面上，我妈就说："你是谁谁，小孩不懂事冲撞了你，你不要怪罪，当着灶王爷、灶王奶奶的面我给你赔不是，请你务必不要再缠住小孩，一碗清水送你走吧！"接下来，我妈就把细线和炉渣放在碗中水里，端到床边，用水在我脸上、额上、手上、脚上抹一抹，再端到院子里用力泼出去，说："你走吧！"

生病躺在床上的我，经过我妈这番操作、祷告，居然轻松很多，以后就慢慢好了。

新中国成立前，农村缺医少药，少儿成活率很低，在山岗山沟偏僻处，常见有稻草裹着的弃婴。当时，密县近 30 万人没有一所医院，没有一张病床，没见过盘尼西林等抗生素药。我能活下来，真的不容易。

从密县城南门出来是下坡路，路东有一座庙，叫火神庙。《密县志》记载："火神庙在南门外。明末经乱毁，顺治七年知县李芝兰重建。康熙二十四年知县衷鲲化重建。"火神在天为火星，在人为炎帝、祝融。密为火正祝融之区，故祀火尤虔。经火神庙向东下坡是东沟，经火神庙向南是上关，过城南小河是南沟，沿小河向西是下河。南关由四个小村组成，分别是上关、东沟、南沟、下河。我家就在南沟的村口，向北过河经上关可以进城，向南经南沟几户人家爬坡上岗可以去种地。我们南沟村的土地都在南岗顶上或坡上。南沟村十几户村民东西两边排列，大多住的都是土窑洞。我们家庭院很大，三孔窑洞坐西朝东，大门外向南靠院墙还有四分地的菜园，水井一口，井旁大枣树一棵，花椒树一丛。菜园四周围以短墙，靠院墙植有葡萄数株，藤蔓攀爬。院外左手有一高约一米的台地，台地面积约有一亩半，可以种粮。靠北院墙，有大柿子树一棵。每年春季我爷就带我到菜园周围短墙下，到柿子树下空地上种下南瓜籽。到夏秋季节我们家不仅南瓜吃不完，菜园里的菜也吃不完，而且庭院四周一片青翠葱茏，令人赏心悦目。院中有桃、杏树各一株，并肩而立。桃树是我手植，阳春三月杏花、桃花次第开放，杏白桃红，妩媚鲜丽，芬菲烂漫，真是"两树繁英夺目红，开时先合占东风"。这就是我孩童时对家的印象。

什么东西是儿童最喜爱的，是糖果、是蜂蜜？在我五六岁时发现有一样东西比糖果、蜂蜜对我更具有吸引力，那就是书。

我现在回忆不起70年前我们家怎么出现了一本书。这是一本用绵纸手工装订，毛笔小楷写的书，每页字数不多，内容是歌颂共产党、毛主席的。当我看到它，拿到它，并一个个认识书上字的时候，我感到书就是我的宝贝，我的心肝。白天我手不释卷，晚上我把这本书压在枕头下面，生怕谁给拿走或者不小心搞丢了。那时候我就有一种感觉，读书是比吃饭还要美好、还要重要的事。后来，我曾坐在电灯杆下读书到深夜，家里不让我点灯读书，怕费油，我就躺在被窝里用手电筒照着偷偷地读。新中国成立后，西街路南，在我上学的必经之路上开了一家新华书店，从此我就成了书店的常客，仅用两年课余时间就读完了《水浒传》《西游记》《三国演义》《红楼梦》四大名著。

读书始终是我的嗜好，我的求知欲没有随着年龄的增长而衰减。我爱真理，真理亦爱我。真理无穷尽，探索无穷期。

四　我心中的玉石塔

在密县老城，顺着十字街往西，过了城隍庙，一座充满神秘色彩的古寺——法海寺就出现在人们的面前。我的小学就是在这里上的，从 1950 年到 1956 年，在这座古寺中我度过了七年时光。小学学制是六年，我为什么读了七年呢？因为我比别人多上了一年"半年级"，即现在所谓的学前班。

据旧县志记载："法海寺，在县治西。宋咸平四年（1001 年）建，明末毁。清顺治五年（1648 年），知县李芝兰修。乾隆十七年（1752 年）知县秦勷，嘉庆元年（1796 年）邑人续修。殿前有石塔，凡七级，石杂青白，古松掩盖，为一邑之盛观也。嘉庆十四年（1809 年），知县杨泰起于塔后建字藏一座。"

法海寺玉石塔的传说十分神奇。据传，咸平二年（999 年）二月五日夜，有一位住在浙江余姚姓仇名知训（密县籍人）的大户人家，晚上做了一个梦，梦见自己建造了一座寺院和一座塔，家人和后代也由此得到了保佑。梦醒后，他派人到全国各地寻找，找到了这里，发觉与梦境中的景色颇为相似，于是散尽家财，历经诸多艰辛，历时两年建起寺院和玉石塔。

法海寺塔旧影

我在这里上小学的时候，常在塔下玩耍，有时我们还会钻进塔洞里，洞里平面呈八角形，高 1.2 米左右，洞门南开，高宽约半米，原由汉白玉雕刻的门扉，早已被盗，仅留汉白玉门砧石。室内有半圆形五棱汉白玉石座，内壁雕刻着佛经故事六幅。钻进洞里会听到轰轰的声音，老人们传说"密县有七十二海眼，玉石塔下压着一海眼"。在我的记忆中，常常在连续几天下雨后，塔周围就会冒出许多五颜六色的小贝壳。到了我上小学高年级的时候，个子长高了，塔门洞也就无法进入了，只能用眼向里面望一望。

应该说，法海寺的名气是由寺内的玉石塔而蜚声中外的。塔为石结构，四方形，外檐九级，颇似楼阁，除塔门、栏杆与塔顶等处使用汉白玉外，全塔皆以青石雕砌而成。石塔自下而上由地宫、基台、基座、塔身与塔刹组成。塔刹有点儿歪，据说是日本侵华时，日军飞机对密县县城进行轰炸，飞机飞得很低，撞上了塔刹，所以塔刹就歪了。

石塔四壁镌刻着《妙法莲华经》一部，计七卷，六七万字，故有人又称此塔为法海寺经石塔。密县人一直盛传塔上莲经为北宋词人、"苏门四学士"之一的秦观所书。由于塔顶是汉白玉雕刻的塔刹，故号称此塔为玉石宝塔。

宋真宗咸平四年（1001 年）二月九日，石塔竣工，塔成胜观，万人争睹。法海寺因该塔而成为汴洛之间的胜地，吸引了众多文人雅士来到密县。法海寺住持叫平阇梨，诗名远扬，与当时的许多文人是朋友。有一年清明前夕，他请秦观到密县游玩，住在法海寺，应平阇梨之邀，秦观重写了《妙法莲华经》七万多字，作为功德赠给寺院。秦观又赠诗给住持平阇梨，他在诗中写道："寒食山川百鸟喧，春风化雨暗川原。因循移病移香火，写得弥陀七万言。"在密期间，他与平阇梨谈诗论文，互相唱和，以为知音。临别时，他又写了《留别平阇梨》诗："绿满山城且不归，此生相见了无期。保持异日莲花上，重说如今结社时。"

在秦观来到密县之后，文学家晁冲之也来到密县。元祐九年（1094 年），晁冲之因党祸遭贬，离开京城隐居密县具茨山，晁冲之写道："尽室飘零去上都，试与溱洧卜幽居。"并以陶渊明自许，他写道："不从刺史求彭泽，敢向君王乞镜湖。"密县成为晁冲之的第二故乡，他在这里度过了自己的晚年。

法海寺石塔上的经文，字体隽秀工整，颇有唐代书风，过去传说为秦少游所书，实际上并非如此。玉石塔建成于宋咸平四年（1001 年），而秦观是 1049—1100 年间人，约晚于建塔五十年，因而传说不能成立。

据《宋法海寺院石塔记》碑阴记载，"写经人潘大有"。另据塔基地宫石函盖内所刻施主姓名最后一行"书写文学家潘大有"，从字体看，也与塔经文相类。因而，此塔经文的书写人应为潘大有而非秦少游。

法海寺塔的兴建是密县佛教发展的一个见证，同时也反映了北宋时期密县社会的繁荣盛况。历史上兵火之灾使密县县城屡遭破坏，而法海寺里玉石塔，虽历经烽烟而不倒。民国年间建筑学家刘敦桢曾专程来到密县考察法海寺玉石塔，拍照绘图，对玉石塔的建筑艺术十分赞叹。1963年该塔被公布为河南省第一批重点文物保护单位。1966年，"文化大革命"的浪潮传至密县，法海寺玉石塔与城隍庙前的琉璃影壁遭到灭顶之灾，玉石塔被毁坏，被夷为平地，建塔时所用的石块大小不等，统统被砸碎，现仅存一块完整的。中国佛教史说的"三武一宗"灭法，"三武"是北魏的太武帝、北周武帝和唐武宗，"一宗"就是后周世宗。这四次"法难"当时对佛教的打击很大。但是，他们并没有把佛教灭掉，反而是他们被自己灭掉了。

"诸恶莫作，众善奉行，自净其意，是诸佛教"。佛教是讲善的，讲慈悲的，讲利乐有情，讲众生平等的。《法华经》是佛教的主要经典，这部佛典主要叙述释迦成佛后，用各种化身和方便法门去普度众生的故事。这些故事都是教人们如何去做好人、做善事的。

"天仙庙，滴水栅；超化塔十三层；密县城里琉璃影壁玉石塔"。这是在密县流传了千百年的民谣，这些是历朝历代令密县人感到骄傲与自豪的独有的风景亮点。如今这些好东西，都已经不存在了。

在20世纪60年代初出版的《辞海》中，密县有两处古迹被列入条目，一是法海寺玉石塔，二是超化寺阿育王塔。超化寺是"净土祖庭"，寺塔里安奉着释迦牟尼佛真身舍利，中国有19座佛祖舍利塔，超化寺塔是第15座。该寺建于隋开皇元年（581年）。寺塔在"文化大革命"中被毁。而同一时期，与密县相邻的登封县人民却是把少林寺、中岳庙、嵩岳寺塔、永泰寺塔、法王寺塔、塔林等都保护起来，至今登封人民仍以这些优秀的文化遗产为骄傲，并享受着这些优秀文化遗产带给他们的福祉。

清代密县有一个举人叫韩维屏，他写了一篇文章《密问》，其中写道密县"地寮民贫，民贫故多思，拙于谋利，不奉佛教，不信堪舆，终年劳苦，安于愚故有土著不易之俗"。清代康熙年间密县知县衷鲲化在《文峰塔碑记》中写道："密自两进士外，无掇巍科名当世者，其果文峰故耶？"从这两个人的文章中可以看出：密县人自古以来，贫困劳苦，不信佛，不信道，出了俩进士，没有什么有名的人物，安于愚，拙于谋利。

密县全境寺院、道观不多，从未见到有哪个庙香火很旺。密县人不迷信倒是真的。但是，人是需要信仰的，没有信仰的人是没有灵魂的。鬼神不能信，权力不能信，能信的只有真理和自己内心的良知。

何为良知？善即良知。那法海寺玉石塔上镌刻着的《妙法莲华经》七万余言，句句都是善言，句句都是真经。大地上没有了那高耸的玉石塔，而我心里却永远盛开着那鲜艳的金莲花。

五　风动、云动、月动

　　密县城关小学校园主要由两部分组成，一是法海寺，二是节孝坊。法海寺部分主要建筑物不多，只有玉石塔后面字藏殿一座，可以当作教室，我也曾在里头上过课。围绕玉石塔，周围有许多树木，还有大片的空地，特别是玉石塔前，是一个大广场，每天清晨学生都要在这个广场里跑操。记得我上三年级的时候，一个冬天的早上同学们跑完操，天色微明，大家都按班级集合在玉石塔前，校长站在玉石塔塔基上，向全校师生宣布表彰品学兼优的学生。没想到我名列其中，并收到重奖：毛笔三支、铅笔六支、笔记本两本。

　　法海寺东边有一长方形的院落，是明清时的节孝坊，教室比较多，东边靠城隍庙部分有四间教室，西边靠法海寺部分也有四间教室。正北，坐北朝南也是一间教室。这个大院子的南边是一座大殿，该大殿坐落于一个三尺高台之上，门窗都向南开，是老师的办公室。

　　我上小学四年级的时候，教室位置在字藏殿后，东边紧靠节孝坊北面教室的西墙。这间教室向南正中是门，西边是窗，我就坐在正对门的位置上，同桌是个女生叫蔡金凤，比我年龄稍大一点，西街人，此后到高中时她又一度和我是同桌。蔡金凤聪明能干，学习成绩不错，我和她的关系甚好，我们一同合作了一项科学实验：冬天太阳光照在我们的课桌上，在上午下第三节课的时候，我们就在阳光落在课桌上的地方，用小刀刻上一道印痕做记号，以便以后我们看到太阳光照射到同一地方，就知道快下课了。可是后来，我们发现这个刻划的记号，不能准确预估下课的时间，而且越来越不准。当时，想不明白，不知道原因。

我们的班主任是位看上去近三十岁的女性，端庄典雅，和蔼可亲，名叫王平权。她教我们语文，同学们都喜欢她，也都喜欢她教的语文课。可是，有一堂语文，我让她挺尴尬的，当然，这既不是我的错，也不是她的错。

她教的这堂课的课文题目是"猴子捞月亮"。猴子捞月亮的故事有各种版本，大家都耳熟能详。该课文的"猴子捞月"故事梗概是这样的：一群猴子在树林里玩耍，一只小猴子独自跑到林子旁边的一口井旁玩耍，它趴在井沿上，往井里一伸脖子，忽然大叫起来："不得了啦，不得了啦！月亮掉进井里去了！"原来，小猴子看到井里有个月亮。一只大猴听到叫声，跑到井边朝井里一看，也吃了一惊，跟着大叫起来，

"糟了、糟了，月亮掉到井里了！"它们的叫声惊动了猴群，老猴带着一大群猴子朝井边跑来，当它们看到井里的月亮时，都一起惊叫起来："哎呀完了，哎呀完了，月亮真的掉在井里了！"猴子们叽叽喳喳地叫着、闹着，最后老猴说："大家别嚷嚷了，我们快想办法把月亮捞起来吧！"众猴义不容辞地响应老猴的建议，加入到捞月亮的队伍中。

井旁有一棵老槐树，老猴率先跳到树上，自己头朝下倒挂在树上，其他猴子就依次一个一个你抱住我的腿，我勾住你的头，串成一长条，头朝下一直深入井中，小猴子体轻，挂在最下边，它的手伸到井水中，不停地抓呀、捞呀，依然捞不着月亮。老猴子累得腰酸腿疼，它猛一抬头，忽然发现月亮依然挂在天上。于是它大声说："不用捞了，月亮还在天上呢！"

众猴都抬头朝天上看，月亮果真好端端地在天上呢。

该课文接着描述："圆圆的月亮在云间飞快地穿行，蹲在地上仰望月亮的猴子们惊叫，天上的月亮跑得真快呀！"王老师在解释这段课文时说："不是天上的月亮在跑，而是天上的月亮在云中穿行，天上的月亮是不动的，是风吹着云在飞，云在跑，云在动，月不动。"

王老师讲完这句话，我似感不妥，马上举手要发表意见，王老师见状就叫我站起来说话。我说："王老师你讲的不完全对。乍看，月动云不动，月在云中穿行；细看，云动月不动，彩云追月；长时间看，云月皆动。如果月亮在天上不运动，它怎么可能一个晚上就从东边跑到了西边呢？"

当我站在自己的座位上，面向王平权老师侃侃而谈时，时年11岁。

王老师听我讲完，一时语塞，继而喃喃地说："我也没有想那么多。"全班同学睁大了惊诧的眼睛齐刷刷地看着我，像看着一个怪物。

60多年过去了，王平权老师的音容笑貌我还记得，那堂语文课我还记得，11岁小孩的无知孟浪显得多么可笑呀！在此，我想起了禅宗六祖惠能在广州法性寺说法的故事。

惠能（638—713年），原籍范阳，幼年丧父，家境贫困，不识文字，依靠卖柴养母。一日卖柴，听客人读《金刚经》，有所感悟，遂往黄梅东山。弘忍大师一见默而识之，后传衣法。惠能得法之后，隐居猎人队伍中十五年，时与猎人随宜说法，猎人们经常让他在捕兽的网边看守，每当有动物落入网中，惠能都将它们放生。每次到吃饭的时候，惠能总是把蔬菜放在肉锅里煮熟了吃。有时候被问到为什么这样做，惠能就回答："我只吃肉锅里的菜。"

终于有一天，惠能思虑：该是弘法的时候了，不能这样一直隐居下去。于是惠能离开四会来到广州法性寺，正好碰上印宗法师在讲《涅槃经》。这时一阵风吹着旌旗开始飘动，有一僧人说这是风在动，一个僧人说是幡在动，争论不休。惠能这时进来说："不是风在动，也不是幡在动，是诸位的心在动。"

在场的僧人都惊讶不已。"印宗异之，明日邀祖入室，征询风幡之义，惠能具以理告。"印宗问道："行者定非常人，师为是谁?"惠能更无所隐，直叙得法因由，印宗遂执弟子之礼，请授禅要，告四众曰："印宗具是凡夫，今遇肉身菩萨。"固请惠能出示所传信衣，悉令大众瞻礼。

印宗听了惠能的讲说以后，心中欢喜，恭敬地合掌礼拜，说："我对佛经的讲解就像砖瓦土块一样毫无价值；而仁者您谈论佛法大意，就如同纯金一样令人珍惜。"于是为惠能削发剃度。惠能就在寺中菩提树下，开讲弘忍传授下来的佛教之法。

惠能大师以《坛经》实现了佛教的中国化，他强调"佛法在世间，不离世间觉"。做人即是作佛，世间法皆是佛法，时时处处，行住坐卧都是修行，都可体会禅修的境界。他说在家也可以修行，并作《无相颂》，人们依照偈颂修行，获取本性，成就佛道。颂词说：

心平何劳持戒？行直何用修禅？

恩则孝养父母，义则上下相怜。

让则尊卑和睦，忍则众恶无喧。

若能钻木出火，淤泥定生红莲。

苦心的是良药，逆耳必是忠言。

改过必生智慧，护短心内非贤。

日用常行饶益，成道非由施钱。

菩提只向心觅，何劳向外求玄。

听说依此修行，西方只在目前。

六　下煤窑

　　1956 年夏我小学毕业了，并且考上了密县一中。那时，我们家祖孙三代 14 口人，都以务农为生，没有其他收入。为了挣点学费，13 岁的我要去煤窑上打小工。我去打小工的那个煤窑，是密县解放后新建的一座国营大型煤矿。在天仙庙南，离我大姑家不远。

　　新密煤炭资源丰富，素有"乌金之乡"的美誉。地质储量 36 亿吨，密煤以低灰、低硫、高发热量的特点而名扬中外。1956 年以来，一直出口日本、韩国和东南亚地区。

　　密煤的开采始于东汉，唐代密县兴起陶瓷业，烧窑普遍采用煤炭。大诗人白居易到密县平陌教百姓冶陶，就发现密县产煤炭，时称"磁炭"。在密县老城西关唐代瓷窑遗址中，发现有大量瓷片、煤硅及烧窑的炉渣。

　　元朝时，密县出产的煤成为开封燃煤的主要产地。明朝，密县采煤业大发展，到了清代，密县煤窑已是星罗棋布。

　　在密县，打窑发财者很多，但亏本者也不少。缺乏土地的穷人，下窑糊口。但是，当时煤窑安全条件很差，性命难保。窑工采煤时被押入井，出井后被关入圈中，如同囚犯。而且，矿难时常发生，窑中最怕"水火"二炮。"水炮"就是地下水突然涌入矿井，把矿井给淹了；"火炮"就是一氧化碳浓度超标，遇到明火爆炸，这些情况发生都是要死很多人的。黑心窑主为了个人私利，惨无人道地盘剥窑工，窑工一旦被诱入煤窑做工，就永无出头之日，不是被逼伤残，就是死无踪迹。窑工之苦，骇人听闻，故旧时做窑工的人被百姓称为"已经被埋了还没死的人"，实不过分。

虽然如此，我们家还有不少亲戚邻居还是上煤矿、下煤窑谋生。

新中国成立前，我爹、我叔、我姑父、我舅都在煤窑上干过。新中国成立后，我的两个弟弟也在煤矿上班。其中，我二弟在20世纪70年代，在密县西部一座叫王庄的煤矿当采煤工。有一天，该他当班而他生病没有下窑，就躲过了一劫。由于一氧化碳爆炸，王庄煤矿那一次矿难就死了70多人。

密县是久享盛名的豫剧摇篮，戏剧流传久远，中州独树一帜。豫剧原叫河南梆子，"梆剧"发源于郑卫之乡，所谓"溱洧靡靡之声也"（邹少和《豫剧考略》）。建于明洪武四年（1371年）的城隍庙，专门建有戏楼，至20世纪50年代，密县保存古戏楼53

座。城隍庙每年祭祀时"聚钱演剧，商贾坌集，仕女如云"，成为县城一景。明朝永乐年间，密县就有戏班演出。从清乾隆到民国年间，全县各类戏班达149个。

密县戏班之盛与密县煤窑兴盛相互关联。相传，老君爷爱看戏，戏越旺，煤越旺。从乾隆年间开始，密县煤窑就开始供戏，戏箱由窑上置买，吃住由窑上供应。清末到新中国成立之前，密县有"窝班"17个，出学徒20窝，培养艺人563名。活跃在郑汴洛一带的戏剧名家，多数都与密县戏班有着千丝万缕的联系。著名戏班有超化太乙班、太乙新班、岳庙小三班、火石岗太乙班、北召太乙班、纸坊蔡仙班、纪垛太乙班等。那时的戏剧名角，不胜枚举。民国年间，常香玉、马金凤、崔兰田、桑振君、唐喜成、王二顺等名家纷纷前来拜师学艺、搭班演出。当代豫剧大师常香玉、马金凤就是在密县脱颖而出的。常香玉是第一位登台演出的女性演员。常香玉本名张妙龄，1922年生，祖籍巩义。父亲张凤仙是著名花旦，在密县演戏20多年，常香玉自小就跟父亲学唱戏，1930年随父亲搭超化煤窑太乙老班演出四年。1935年到郑州、开封演出，唱腔、武功、扮相一下迷住了台下观众，一举成名。1938年开封沦陷，常香玉又回超化搭太乙新班演出。这一年，她演出的时装戏《打土地》，控诉了日本鬼子的侵略罪行，给密县人留下了深刻的印象。1940年、1947年，她又两次回超化演出。

马金凤与常香玉年纪相仿，本是山东人，1937年15岁那年逃荒到密县，在超化太乙新班搭班演出，拜燕长庚、翟彦身为师，在密县演出八年之久。她在回忆录中写道："我的嗓子是喝密县的水，吃密县的棒子面练出来的。可以说山东是我的生母，密县是我的养母，养母比生母更亲。"

旧时，密县煤窑害怕出水火事故，为了安全生产，为了发财，就请神明保佑。在密县被煤窑称为保护神的神明是太上老君。著有《道德经》的老子，被称为道教开山鼻祖，被奉为道教最高尊神——"三

马金凤在新密演出

清"之一道德天尊。在《西游记》中，太上老君的地位并不高，只是玉帝手下的一个臣子。《西游记》第五回中：孙大圣大闹了王母娘娘的"蟠桃盛会"，喝得酩酊大醉，擅入了太上老君的兜率天宫，老君正巧不在，大圣便将老君所炼五葫芦"九转金丹"，像吃炒豆般吃了个精光，后被擒拿，在老君的八卦炉中练就了钢筋铁骨、火眼金睛。

《西游记》把太上老君描写得活灵活现，形象生动，深入人心，用火炼丹的八卦炉更是老君爷的标配。老君爷在老百姓的心目中更让人感到真实、可信、可亲、可爱。密县虽为"火正祝融氏之墟"，"祀火尤虔"，然而，煤窑还是选择了具有超级神力能对煤窑进行保护的太上老君，并建"老君庙"进行祭祀。为了调动老君爷保护煤窑的积极性，就纷纷在老君庙前建筑戏台，经常演戏，热热闹闹，哄老君爷高兴。

我大姑家住在谷堌村，与天仙庙、滴沥泉隔河相望。滴沥泉也叫滴水棚。《通志》："滴水棚在县东五里天仙庙，石洞水出，滴沥如雨，昼夜不绝，味甘冽，流数武，伏而不见。上有石棚，棚容数席，厚二尺深，皆碎石粘浆而成。从罅中下滴，渗液甘冽，与惠山泉无二。"有人题诗曰："一片悬岩水，涓涓不断流。有泉通地脉，无处辨源头。幽壑晴还雨，深林暑

漫漫锦绣路

亦秋。相如多客病，爱此为淹流。"

小时候，我奶奶常带我到大姑家玩，大姑生的都是女孩子，从滴沥泉担水吃的事就由我帮助干了。滴水棚下如下雨一般，泉水主要由两个大泉眼向下流到两个大方池中，水池都由青石条砌成，每个池子深六尺许，方丈余，水溢出池后潜入地下不见。泉眼离池中水面高出丈许，水大时流而不滴，水溅如珠，清澈见底不见游鱼。池边有石条可站人，我分别用左右手把水桶按下，从池中把水盛满，担在肩上，过河上坡不到半里即到大姑家。谷垌村有水井，村民都不怕远，要到滴水棚去担水吃，因为那里水甜、好喝。

更小的时候，我爷爷也经常去大姑家，并让我骑在他的脖子上到天仙庙看戏。天仙庙右边是老君庙，老君庙没有天仙庙大，但比天仙庙香火旺。老君庙前是一个广场，广场南边是两座相隔 10 米左右的精美戏楼。每逢庙会都要唱对台戏，台下人群时而东、时而西，似潮水般涌来涌去。人们摩肩接踵、熙熙攘攘，吆喝声、叫卖声，此起彼伏、热闹非凡。有时爷爷会把我放在戏台边上，我不敢往下看，感觉戏台太高了，吓得我心惊胆战，我叫起来，爷爷马上就把我抱下来，重新骑在他脖子上。

往事如烟，还是说一下我下煤窑的事吧！

我从南关家里出来，到南大窑打小工，要翻三座岗，跨过两条河，过谷峒村的北边小路，经滴水棚旁的一道大斜坡，上到天仙庙，往南顺着大路就到南大窑了，六七里路。每天早出晚归，在矿井里要干满八个小时。

我们这群打小工的人都是农村人，有二十人左右，我是年龄最小的，其他都是成年人。密县每年七八月是雨季，地里的玉米长得有一人多高。由于地面降雨多，渗到地底下，增加了地下水，会引起矿井里出水。我们这群人的工作就是当搬运工，把沙子、水泥、石子等物资运到堵水口的地方。

南大窑是竖井，深约 400 米。我们这群农民工分别从直径约 6 米的井口乘罐笼下到井底，而在井口开升降机的人正是我大舅。我们每个人头上戴着柳条安全帽，安全帽前面安着矿石灯，20 个人都一个一个地紧跟着一位老师傅。下到井底后是一条高宽约 6 米的大巷道，沿大巷道往前不远，就拐进高宽约 3 米的中巷道并且呈下坡状。再往前约两里地，又拐进一个高宽约 2 米的小巷道，平坦。约往前走了一里路，再拐，进入了一条抬不起头、高宽约 1.5 米的小巷道，并且这个小巷道顶棚的木头有不少裂缝，如果头上不戴安全帽，头早就碰碎了。这个巷道中不通风，又闷又热。好在约走了二十分钟，就进入了一条较宽的巷道，并且看到有采煤工推着矿车沿铁轨运煤。他们都是光着身子，没有穿衣服，除了眼睛、牙齿能看见他是个人外，其他看不见。在老师傅的带领下，我们这二十个人在迷宫般的巷道中，不知道走了多长时间终于到了工作面。我被要求拖着一辆小车，上面放着个筐，或装水泥，或装沙子，或装石子，从约五百米的地方用攀在两肩上的绳子，身子前倾着，脚用力在地上蹬着，拉着小车把筐里的东西拉到指定地点。在拉车行进的路上有许多小水坑，我穿的是旧布鞋，很快就湿透了，煤屑和着水把我的双脚磨得像麻子脸，钻心的疼。13岁的我，干的是和他们大人一样的活，井下八个小时十分难熬，不仅是累、是疼，还有那样工作的环境，暗无天日，真如地狱一般。这样的矿井工作我干了半个月，直到水眼堵上工程结束。这半个月，我每天披星戴月，翻山越岭，在玉米地里穿行，没有感到害怕。每天工钱只有九毛钱，半月下来，有十几块钱的收入握在手里，心里感到很踏实。

现在想想是谁给我们带来温暖、带来了光明？当冬天来临，我们住在有暖气的舒适房间里，看着电视，用着各种现代化的电器设备；夏天，打开空调，凉风习习；有空暇时间到山清水秀的地方度假，到有美味的地方聚餐；更有青年男女，活力四射，寻求刺激，或滑雪，或攀岩，或蹦极……或浓情蜜意，或卿卿我我，一切都是那么美好。此时，我会想到煤矿工人，特别是工作在井下的煤矿工人。他们也有青春，也有人生，但是他们把自己的青春，把自己的一生都奉献给了生活在阳光下的人们。这样的人何止千百万。让我们记住他们，让我们感恩他们。十三岁时，那半个月下煤窑的经历，是我永远忘不掉的记忆，也是我一生的宝贵财富，我将珍藏于心。

七 班主任

密县一中创建于 1931 年，它坐落在密县老城西北隅，校园内楼舍错落，树木葱茏，占地近百亩，是密县规模最大、历史最长的一所中学。

1956 年，我小学毕业后考入密县一中。密县一中有三进院落，进一中校门先要登上几级台阶，进门后在大门东侧是开水房，开水房中央是一口大铁锅，铁锅直径近两米，里面的水日夜翻腾不止，供全校师生吃喝之用。第一进院落较小，除一间开水房外，西边房间是学校工友所居。第二进院落是个大四合院，东边的房舍是女生宿舍，西边是图书馆，南边是教师宿舍，北边是校长室、学校办公室和教室。院子中央是从学校大门开始直通到最后面"讲楼"的砖铺甬道。二进院甬道两边是两个大花园，花园里面遍植草花，虽然时近中秋，依然花团锦簇，万紫千红，耀眼夺目。第三进院落有三幢楼呈品字形布局，中间一幢为"讲楼"，两层八间教室，1942 年时所建。"讲楼"两边有砖砌的楼梯，正中间有木制的楼梯。"讲楼"左、右前方对称各建二层小楼一座，都是上下两间教室。居东者叫东小楼，居西者叫西小楼。

何为"讲楼"？"讲楼"者乃讲学之楼也！1942年学校建好"讲楼"后，请当时的河南省教育厅厅长鲁荡平题字，鲁荡平就题写了"講樓"二字悬挂于中间大门上方。当时，我看到"講樓"二字，感到鲁荡平是否把"講"字写错了，直到许多年后，我才知道那个"講"字是缺笔字，不是错别字。"講"字缺那中间一笔，是鲁荡平提醒学子们在学习时不可骄傲自满，要虚心。

鲁荡平何许人也？鲁荡平（1895—1975 年）字若衡，鲁涤平之弟，教育家，早年加入同盟会，入籍南社，工书法，其书法深得于右任先生的赞赏。鲁荡平擅诗文、工书法，著作甚丰。1964 年 11 月 10 日，于右任先生在台北去世，鲁荡平挽于右任联为："订交四十年前，往事萦心，令我无言一哭；思公八千里外，余歌载箧，知公有恨多端。"可见两人的交情深厚。

回过头来再说一下，我上初中一年级时的教室在哪里？在西小楼对面，和校长室一墙之隔。这间教室墙壁有一米多厚，坐 40 到 50 名学生，教室有二门，一南一北，南北相对。开南门可到园中看百花盛开，开北门可到院中树荫下追逐打闹。在教室南门外边的空地上安放一个乒乓球桌，桌面为水泥制板，球网为横着放的砖头块，球拍为没有胶面的薄木板削成，即使这么简陋，我和同学们还是玩得很开心。在小学时我就爱打乒乓球，有空就练，基本功比较扎实，搓球、削球是我的绝招，当时在密县一中我打遍天下无敌手，包括高中生在内。我是全校乒乓球冠军，捧回一个奖杯。这个奖杯是瓷质的，圆形带盖，杯子四周绘以梅花，后曾带往大学，现失其所在。有一个同年级不在一个班叫田文广的同学文才很好，他常在一旁看我打球，很羡慕眼馋，赞我为"文武双全"，"攻球如凤凰展翅，守球似猛虎蹲山"，听到他的赞赏心中甜蜜蜜的。

初中一年级的课程对我没什么压力。我热爱学习，学习对我来说是一种享受，我不怕考试，当大家在考试前紧张复习忙于应付考试的时候，也是我感到最轻松的时候。大家都不理解，看我平常不怎么用功，而各科考试成绩都名列前茅。我学习好，大家都认为是我记忆力好的缘故。其实我自己知道，我学习好是因为我自己掌握了适合自己的一套学习方法，这方法对我适用，对别人不一定适用。孔夫子讲"温故而知新"。复习，反复复习，每周对所学的东西都从头开始复习一遍，周周如此。做到这一点，所学的东西就记牢了。这是我学习好的秘籍。

许多年以后，在 1985 年，我已经在三门峡国营会兴棉纺织厂任厂长两年，离开大学毕业的 1967 年又已经过去 18 年。此时，晋升高级工程师必须考外语，在大学期间，我学的是俄语。因此，我也必须复习俄语，再到省纺织厅参加俄语考试。1985 年 3 月，河南省纺织厅组织的外语考试在河南省纺专教室里进行，参加者在 200 人左右，我第一个交卷，成绩名列全省第一。而之前，我准备考试复习的时间是厂里春节放假的时间，不到 10 天，考试的内容是当年同济大学的俄语教材 4 册，有单词约 4500 个。

说了这么多闲言碎语，该言归正传了，我这篇文章的题目是"班主任"，是哪个班主任？从小学到大学毕业我上了 18 年学，有许多班主任名字已经忘记，形象也已模糊，其中只有一个班主任至今令我印象深刻，如在眼前。他就是我初一的班主任——冯丙午。

我上初中一年级的时候应该是 13 岁多一点吧，个子也应该不高，因为我的座位是前面第二排靠教室南墙根。

冯丙午当年约 40 岁，高个儿长脸，梳个大背头，每天都油光可鉴，络腮胡子，但刮的铁青。他是密县超化人，在密县一中语文教研室教汉语。不知是何因缘，他成了我们班的班主任。他不教我们班的课，来我们班的次数也不多，我几乎没有和他说过话，看来我们也不是太了解对方。

1957 年年初，初一年级第一学期考试已经结束，有一天下午开班会，作为班主任的他在班会上对班级工作进行总结，他号召全班同学每个人都要进行总结，并且要求每个同学都要对自己的学习和操行进行评等。他是老师，又是班主任，对他的讲话全班同学没有人有异议，也不再提什么意见。对老师的要求，我是认真对待的，对老师的话，当时 13 岁的我不可能想法很多，进行什么揣摩。接下来，我认真想了一下，从学习、生活、纪律、劳动、团结等方面自省自查了一番，感觉自己的表现还可以，就自己给自己评了个甲等，并把自评结果上报给了他。

隔了两天，下午又开班会了。冯老师在班会上开始和颜悦色地对大家说："同学们绝大多数在自评中表现得很好，都很谦虚，本来应该评甲等的，却给自己评乙等、丙等，甚至丁等，大家表现得多么谦虚呀！"紧接着他马上脸色一变，怒吼道："可是我班有人不谦虚，不虚心，骄傲自满，自己给自己评甲等，他就是李书勤！"冯老师的话刚一落地，就听见坐在后几排的年纪大一些的同学叫喊："叫他上去说一说！"冯老师接着厉声说："李书勤！你上来说一说。"

在班会上，冯老师刚点名批评我的时候，开始是有点怕的，当冯老师和班上的同学吆喝着，叫我上台讲一讲、说一说的时候，我反而不怕了。我怒目圆睁，盯着冯丙午，昂首阔步走上讲台，用不屑的

61

眼光扫视着台下那些可怜虫。"他不服气哩!""他还不服气哩!""叫他低下头!"台下同学们嗷嗷叫。冯丙午厉声对我说:"李书勤,你为什么自己给自己评甲等?说!"这下教室里安静了。我平静地对他们说:"我认为我学习好、爱劳动、爱集体、守纪律,应该评甲等。冯老师,是你叫同学们自己给自己评等的,我按你说的做,有什么错!"说完,我径自离开讲台,回到自己的座位坐下。这时,教室里鸦雀无声,冯丙午宣布班会结束。

中国人向来都是尊师重教的,过去家家户户都把"天地君亲师"挂在中堂进行祭拜。一日为师,终身为父。中国人一直把师傅当作最亲近、最受尊重的人。韩愈在《师说》中说:"师者,所以传道授业解惑也","道之所存,师之所存也。"然而,看看冯丙午的作为像一个老师的作为吗?他既没有对我传道授业解惑,又没有看到他身上有"道之所存"。

上初中一年级,13岁的我心性是那么纯净光明,那么朴实率真,那么正直自信。1957年春,初中一年级班会上对我的批斗,是我一生遇到的唯一的羞辱。它没打倒我,没有使我屈服,更没有改变我。吃一堑,长一智。以后的岁月中,我知道了"沉默是金",要"低调做人"。我只替人"说好话,办好事",上善若水,积善积德。直到今天,我才可以说自己是一个真实的、善良的、正直的人。

从 1957 年初中一年级下半学期开始，冯丙午就不再担任我们班的班主任了。从此，再未谋面。

八 李湾水库

旧中国，密县农业生产十分落后，生产技术条件差，抵御自然灾害的能力很有限。新中国成立初期，全县仅有 80 多万亩耕地，单产 80 斤左右。要提高产量必须改变农业生产的基本条件，中共密县县委领导、密县人民以"敢教日月换新天"的革命气概和"重整山河看今朝"的万丈豪情，从 20 世纪 50 年代起，进行了大规模的农田基本建设和兴修水利工程的运动。

在当时，大规模的农田建设全靠人力，全靠集体的力量。一个大队，一个乡成百上千名群众集中在一个河道上，几里长的作业场地，人声鼎沸、红旗飘扬，劳动号子此起彼伏，广播喇叭歌声不断，挖土的、垒堰的、打夯的、砌水口的，独轮车装满黄土、石块，一行行跑得飞快。人们吃在一起、住在一起、劳动在一起、汗流在一起，一派大干快上的热烈场面。

农田基本建设运动开展后，在 1956 年到 1958 年农业生产合作化期间，土地小块并大块，拔界石、平墙沟。改造半坡田，大修梯田，修三保田（保水、保土、保肥）。改造河地，改造沟地，裁弯取直，固定河槽，开垦荒地。多次农田建设增加了密县的耕地面积，也提高了粮食亩产。

水利是农业的命脉，密县的水利建设不仅关系到农业生产，还关系到淮河的安危。1950年6、7月间，淮河流域发生特大洪涝灾害，造成1300多万人受灾，4000多万亩土地被淹。1951年5月，党中央发出了"一定要把淮河修好"的号召。密县属于淮河流域，洧水是淮河支流颍水的一源，每年汛期河流两岸常泛滥成灾，给两岸人民生命财产造成损失。密县李湾水库是重要的治淮工程之一。

1957年测量设计，1958年2月开始施工，8月建成。1958年，正是"大跃进"的年代。农历正月

云蒙山平整土地

初二县委开会布置，并开始往工地上运圆木、板材、石料、碎铁等物资。正月初九，第一批民工到达工地。正月十五，尖山、五虎沟、米村、李庄、打虎亭等105个高级合作社的民工，还有中学师生、厂矿职工、县直机关干部约2.5万人开赴工地。

县委在张湾村设立了县水利指挥部，县委书记李世民任指挥长，提出"鼓足干劲，力争上游，咬紧牙关，大干80天，建成李湾水库"的口号。工地上，每天凌晨三点半吹跃进号，号声即命令，整天干，连轴转，施工昼夜不停。二八倒，意思是干16个钟头，休息8个钟头。四六开，意思是干三班18个小时，休息一班6个小时。休息时，还开一个"战地会"。

工程开始，先挖中心墙，堵截地下水，8部抽水机昼夜不停抽水，民工排成数十条队伍向外转运河石，挖到四五米深时，出现多个水眼，8部抽水机同时开动都抽不干，用红泥块堵了几次都没有堵上。副指挥长李宗美情急之下，"扑通"跳下水眼，亲自搬泥堵塞，紧接着几十个民工跳下去，硬用泥块堵住了。岸上的民工赶紧用备好的泥土往里填，填一层打一层夯，大坝最基层的任务顺利完成。

打夯是工地上的一景。一架架石夯排成排，上下翻飞，夯夯落地有声，夯歌振奋人心。8个人一架夯，一人喊24架夯。领导要求夯歌要快节奏，有鼓

李湾水库修建工地

动性，于是就喊成"革命夯"。"学习五虎沟哇，学习城关乡啊，红星第一社呀，夯夯有质量啊！"

在李湾水库建设开始后不久，大约是 1958 年 3 月中旬的某一天，我准备去李湾水库干活，暂时不去上学，那时我是密县一中初二年级的学生。为什么不去上学呢？因为家里没有一粒粮食，我饿得两眼发昏，无法坚持上课，经老师同意，我可以暂时不上课，先解决饥饿问题。

1957 年年底，我爷爷和奶奶相继病故，爷爷享年 73 岁，奶奶享年 68 岁，他们去世相隔 10 天。为了办这两场丧事，家里的粮食吃完了。我们李家是村里的老门老户，亲戚多，帮忙的邻居多，办事用的粮食就多。那时，国家实行统购统销的粮食政策，农民除了交公粮，还要卖余粮，留下来的口粮就不够吃了。即使有钱，农民也买不到粮食。在那种情况下，我父亲和我叔商量着分了家。父亲和叔父兄弟情深，我父亲把好院落、好地、好东西都让给叔父，叔父谦让再三，在父亲的坚持下也只好如此。我叔年轻能干，孩子又小，生活相对会好一些，而我们家除父母外还有半大小孩五六个，个个能吃不能干，生活就艰难得多。我为了能吃顿饱饭，为了减轻父母的负担，决定去李湾水库干活。我去李湾水库干活，属于民工，不是学生身份。

没有带任何东西，没有带任何吃的，我双手空空，早上起来从家里出发时没有什么吃的，只能喝几口凉水，一路蹒跚而行，走走停停，走到傍晚才到水库工地。从密县城南关到李湾水库工地不过 20 里路，我走了整整一天，走不动呀！

到水库工地后，我先吃了一顿饱饭，吃的是玉米糁稀饭和玉米糁蒸的窝头。我在水库工地干了一个多月，每天每顿吃的都是玉米糁稀饭和玉米糁窝头。没有菜，没有肉，没有油腥，甚至连咸菜都很少。吃是吃饱了，可是有时胃里难受得像针扎刀割一般。

接下来是干活。我推车、装土、打夯，什么活都干，累不说，就是连续几天不能睡觉，"连轴转"是常态。推着车就睡着了，装着车就睡着了，甚至连解手都会睡着。我刚到工地时是向下方推土填坝，到我离开时是向上推土筑坝。大量的土方工程都是几千辆小车推来的。

人们在河两岸的高崖上从高向低挖了三层平台，一层层把土用车运送到坝头上。大坝上，有人推，有人摊，有人夯，有拖拉机轧，流水作业，速度快，质量好。

为保证大汛到来之前竣工，每天都开"战地会"，为推大筐的人插"跃进旗"，为推得慢的或推得少的人插"黑旗"。每次开会，地主、富农、反革命、坏分子、"右派"几乎逢会必斗，日子最难过。被插黑旗的必被批斗，在那样的氛围里，人们把自己的劳动能力发挥到了极限。

由于工地上的民工都不准回家，冬天穿的棉衣穿到夏天，衣服长时间不换洗，换班休息，和衣而眠，身上都生了虱子，我不仅衣裤上有虱子，头发里也长了许多虱子。

我在李湾水库工地上干完活，走在回破窑洞睡觉的路上，瞌睡得眼睛都睁不开。突然，有人叫了我一声："勤!"。我抬头一看是我大姑家的老二"小金"，大名叫谷金凤。她比我大两岁，却比我低一个年级，由于我学习拔尖，她对我青眼有加。我问她怎么也来水库工地干活。她说是学校组织的，在工地干了很短的时间就回学校学习了，没有见到我们班上的同学来工地干活。小金知道我在工地上和民工一起干活，劳动强度大，吃得差，跑来是给我送一个白馒头。当小金小心翼翼从她的衣服口袋里拿出一个白馒头塞到我手里时，心中感动，但眼睛干枯得流不出一滴眼泪。

就像我来到水库工地干活没人阻止我一样，我离开水库工地回家，也没有人阻止我。因为，大家都知道我是一个正上初中的半大孩子，为了吃一口饱饭才到水库工地的。

回到家后，上了几天学，还是没饭吃，饿得前胸贴后背。没食物进肚，开始是饥肠辘辘，接着是饥饿难耐，再就没有饥饿感了，只是没精神，想睡觉。觉得天上的太阳走得太慢了，老是走不到吃饭的时间，可是到了吃饭的时间，仍无粒米可以下锅。天天如此，真是度日如年。我只好又到县商业局食品公司打工。在食品公司的工作是放羊。一群四五十只的待宰山羊、绵羊由我一人来放。我把羊群赶到山沟里或是山坡上任由它们悠闲地吃草。我则找一个背风向阳的地方躺下来舒服地看着青天如碧，云卷云舒。但肚子里总像有一只小猴子不断地"牵肠挂肚"，还是饿。真想把天上的白云撕一片塞进嘴里吃下去！

　　放羊归来，挣点小钱，买点吃的，还去上学。没钱买吃的了，就又去修路建桥，打墙盖房，搬砖和泥，啥苦活、累活都干。我们的班主任很关心我、同情我，但没能力帮助我。他只能对我说："书勤，你能上学就上学，要去打工干活就去打工干活，随你。"

　　终于熬到了 5 月，家里有点吃的，我可以正常上学了。虽然我欠课很多，但我恶补功课的效率很高，很快各科成绩就全面超越同学，期末考试仍然是全年级第一名。

　　经过 156 天日夜奋战，1958 年 8 月 13 日，原计划 3 年工期的李湾水库大坝提前竣工。全流域面积 74 平方公里，最大库容 3000 多万立方米，李湾水库成为密县容量最大的水库。

30 多年后，我们一行人再到李湾水库，看到的是碧波万顷，蓝天白云，绿树四合，近在眼前的尖山、嵩山像一扇屏风，如同一幅绝妙的山水画，挂在天边。我的青春留在了这里，我的苦难也化作了这无边美丽的风景永驻人间。

九 同桌

1956 年，密县一中增加了高中部。1959 年 9 月，我考上密县一中高中，是密县一中高中部的第三届学生。原在密县一中初三毕业的学生只有一小部分考上了高中。可是，牛店乡密县四中的初三毕业生倒有不少考上了密县一中高中。我们这一届高一学生只有两个班，我分在甲班。由于我在我们班属于个子比较高的学生，所以就被安排到最后一排，靠教室门的地方坐。我们教室所在的位置是东小楼二楼靠楼梯的那间。东小楼前有几棵洋槐树，每到春天四月洋槐花盛

原密县一中东小楼，现新密一高校史展览馆

开的时候，洁白如雪的槐花一串串挂满枝头，馨香浓郁，蜂蝶飞舞其间，香飘教室之内，春天那暖香的气息沁人心脾。

一张课桌坐两个人，我坐在靠走道一侧，靠墙一侧坐的是一位女同学。她是上个年级留级下来的，据说是因为身体不好的缘故。同桌的名字叫王小敏，她身材苗条修长，面容姣好，头发浓密，泛淡黄色。她性格温婉，说话慢声细语。

在这里先不提我那美女同桌。要说说上高一时我和大多数同学的学习和生活。

先说大多数同学的生活。我们班有 40 个学生，很多来自县城的乡下农村，远的三十里，近的七八里。每个星期六下午他们都要回家背馍。星期天下午他们回来时，一般都会背一袋干粮，5 斤左右，或是玉米面饼，或是红薯面饼，或是糠面混合面饼，另有一瓶加了许多盐的红辣椒酱。这就是他们一个星期的食物，一天三顿，开饭时他们就把带来的饼掰开，放在大碗中用开水房大铁锅里的开水冲冲，再放上一勺咸辣椒酱，这就是一顿饭，几乎顿顿如此，天天如此。在那饥馑年代，这还是令我羡慕的生活。

而我在 1959 年到 1962 年的生活呢？

我每次回到城南关公共食堂，开始几个月大锅饭有稀有稠，有一个红薯面窝窝。接着就没窝窝头，而只有稀饭了，并且只有一碗。再后，每天只有一顿南瓜汤，最后只有一锅白开水。当时，还不允许每户人家生火，见谁家有烟气冒出要去查，发现谁家有铁锅做饭，锅或被没收，或被砸掉。

我每天饥肠辘辘，饥饿难耐，还要去上学。我大姐已经出嫁，住在东沟一间小房子里。那时她年轻，会倒腾点粮食，我去上学时，偶尔会经过她住的地方，我大姐就会把瓦片放在火炉上，抓一把玉米粒放在烧热的瓦片上炒熟让我吃，或者找一点生红薯干放在火上烤焦让我吃。大姐的恩情永生难忘。后来，我每年清明和中秋都去乡下看望大姐，送钱、送东西，年年如此。侄女们都不理解，我告诉她们在大饥荒的年代，我大姐在瓦片上给我炒的玉米，粒粒都比黄金珍贵。

由于当时国家不给农村公共食堂供应或补充粮食，农民手中也没有余粮可以维持食堂的存在，农村公共食堂只好解散了。

农村公共食堂解散以后，各家各户就自己开火了，可是谁家也没有粮食，吃什么各自想办法。我妈把枕头里的糠倒出来，把糠和玉米芯用口袋装在一起，让我背着走到15里外的超化，用水磨把它磨成粉末扛回来，蒸成窝头吃。由于这样的窝头里没有一点粮食，我吃了以后，拉屎拉不出来，我妈就用树枝……抠出来。日子太难熬了。尽管如此，我每晚放学回家，我妈都会熬一大砂锅菜汤给我充饥，所谓的菜，有时是挖的野菜，有时是菜园里人们废弃的菜帮子。这一大锅所谓菜汤，几乎没有米，只有些许玉米糁粒，可以看见碗底。当时，有人形容碗中汤之稀薄曰"勺子搅三搅，浪头打死人"。

现在开始说说我的同桌王小敏。

王小敏比我大三岁，是密县天仙庙东杨寨村人，有一老母，别无他人。她们家紧挨一个煤矿，土地被占用，所以她吃商品粮。开始时我们交流不多，也没有发现她是个美女。她的学习成绩一般，不是很差。她知道我每天放学回家吃饭，也知道我每次回家吃不到饭。有一次，在我的书桌抽屉里面，我摸到了一个馍，我知道是她放进去的，我没有声张，朝她看看，她红着脸，笑笑。从此，每隔两三天我都会从书桌里拿到一只馒头或糕点之类的吃食。她不声，我不言，心照不宣。她的学习不如我，常向我请教，理所当然，我乐于帮她。

因为我是回家吃饭的学生，每次都要路过邮局，有时她让我帮她寄信，信不封口，请我到邮局投邮时再糊好，也就是说她很信任我。我值得她信任，她的信我从来不偷看。可是有一次例外。有一天她又给我一封信让我帮她寄，我到邮局准备糊口时，不小心信掉到地上露出了信纸，信纸上露出来的字，清清楚楚地写着"亲爱的"。我没有继续打开看她写的情书。至今我也不知道她写给谁，但我从此知道了她有心上人。

那时我十五六岁，情窦未开，没有嫉妒之心。王小敏对我关心，对我好是纯净无瑕的。王小敏回家前会嘱咐我到半路上去接她，我一定会去，也盼望着去。一个星期天，夕阳西下时，我坐在城东山岗小树林旁的大石头上，翘首东望，王小敏和另外一个女同学屈松枝同时出现在我的眼前。屈松枝年龄更大一点，是个党员，对我也很好，但不是王小敏那种好。我们三人一块坐在大石头板上，夕阳余晖的金光照在王小敏的身上、脸上、头上，她正值芳龄，青春洋溢，显得那么美。我第一次感觉到、看到女性的美。王小敏无言地看着我，那表情、那目光、那坐姿、那声音，都在诉说着什么，纯净无瑕，慈悲善良。我眼前坐着的王小敏仿佛是来自天堂的可爱的美丽天使。我感觉到了爱、感觉到了温暖，感觉到了那异于情爱、异于母爱的一种圣洁之爱。那是一种王小敏之爱。

在我们三人聊天中，我童言无忌地说："你们二人非学习之人。屈松枝肯定要早结婚的，王小敏觉得学习是苦，可能坚持不到毕业。"我说的话，不幸而言中了。

时间到了该上高中二年级，开学了却不见屈松枝和王小敏来上学，据说她们都已经结婚了。

我每天挨着饿，坚持上学。我做梦都想见到王小敏。高三第二学期开学后不久，有一天密县县城里有庙会，人来人往，摩肩接踵。我回学校的路上，路过城中十字街，眼睛不由自主地向东街一扫，忽然，有女子的身影进入了东街路南的一家布店，我赶忙进去，看见了王小敏，我此时看到的王小敏，已不是高中时期的王小敏了。

那时的王小敏，打扮入时，亭亭玉立，而今眼前的王小敏则是一个蓬首垢面、衣衫不整的农妇。我叫道："王小敏！"她扭头一看是我，就眼睛盯着我，对我说："我想扯块布，没相中的，不买了，书勤，你送送我吧！"我说："好。"

我俩挤过人群，出城后登上东山岗，春天已到，田里麦苗青青，一路上我们相对无言，我不忍再看她那呆滞的目光和憔悴的面庞。她一再要我再送送她，我们就这样无言地走着，走着。当走到一个空旷无人的地方时，她突然停下来对着我说："书勤，你就送到这吧！"说着，她从她那几乎无法遮住身体的上衣中拿出一只白馒头，硬塞到我手中，说："你拿住"。我只好拿住这只白馒头，望着她渐渐远去的背影，我感叹，青春易逝，韶华难再。她是带着我对她的思念、感激，还有怜惜走的。

听说，她是因为上学读书就头疼，而不上学了。回家后招了个煤矿工人入赘，该矿工在煤矿井下干活时不幸轧断腿。她和矿工育有一女，一家人就这么过着平常的日子。

1962 年我考入华东纺织工学院，到上海读书，时常想到高中时候的同桌王小敏。1967 年冬天，我回到密县，想看望王小敏，我就约上我大姑的二女儿谷金凤一起去杨寨村。谷金凤是和王小敏一个大队的，彼此熟悉，都是高中生。"小金"是谷金凤的小名，平时我不叫她二表姐，而直呼其名叫"小金"。小金是我这一生中第一个从怀里给我掏馒头的人，地点是李湾水库，时间是 1958 年春 3 月。王小敏是第二个从怀里给我掏馒头的人。

当我约上小金到达离杨寨村不远的一片高岗地时，天阴沉沉的，还刮着凛冽的寒风，不远处麦田里有六七个人穿棉衣，裹着头巾，看不见面庞的农村妇女正在锄地。小金看看她们，吆喝一声："小敏在不在？"这时，有一个上下裹得密不透风的女人向我们走近，她来到我的面前，说："你是书勤吧！"我回答"是"。这时，我像一个旁人，听小金和王小敏说着她们关心的事。她们说完了，我和小金也就返回了。

当时，我还真没有看到王小敏的"庐山真面目"。她与真正的农村妇女无异。

直到 1978 年，我在三门峡市会兴棉纺织厂子弟学校当教师，利用暑假偕妻子樊怡怡到密县杨寨村去看望王小敏。我们顶着烈日，千回百转，问了许多人，才找到王小敏的家，已经是午后三点左右。我们来到王小敏家的院子，看到面东有三间瓦房，房门台阶两边种有两颗碗口粗的梨树，上面挂满了累累果实。王小敏的母亲让我们来到屋里在板凳上坐下，高声喊道："小敏，有人找你。"这时听见南屋有了动静，说着"谁呀"。王小敏睡眼惺忪地走出屋门，并在屋门槛上坐下来。睡眼蒙眬地望着我们，问道："你是谁呀？"我回答道："我是南关的书勤呀！"稍停片刻，她抬起头，望着我说："哎呀，你是书勤呀！"我向她介绍了我妻樊怡怡，然后又告诉她，我在三门峡市会兴棉纺织厂子弟学校教书。彼此闲话了一阵。我感觉在她的记忆中，我已被边缘化，是一个可有可无的人物，我对她的感恩，我对她的思念，我对她的探视都变得无关痛痒。

后来，我从别人处知道王小敏的女儿很优秀，我看望她时，女儿正在郑州的河南医学院上大学，而丈夫早已病故。她当时是人民公社生产队的会计。她没有改嫁，她将守着她的母亲，靠着她的女儿度过平安淡泊的一生。为了她的宁静，我不会再去打扰她了。

她的美丽，她的善良，她的纯洁，她的平凡和淡泊，她的朴实和勤劳，都将和她村边的土地融化在一起。她忘记了对我的好，对我的情，忘记了自己从怀中掏出一只白馒头塞给我的恩。任何人都可以忽略她的存在，而我不可以。

我会永远感恩于她，永远用心记住她，祝福她。

十　拒饮孟婆汤

我上高中后，家里仍然缺吃少穿，因为遇上了三年严重困难，农村家家都是这样，都在生死线上挣扎。

1960年冬天，我双脚生冻疮，脚后跟上长了两个大脓包，左右脚各一个，个大如核桃，穿不上鞋子，不能下地，也就只好病休在家。

脚上之所以会生冻疮，是因为冬天天冷，我没有棉鞋和袜子可以穿，加上教室里也不生火炉，屋里屋外一样冷，不仅是双脚冻得长脓包，双手也冻得发紫发肿，手握不住笔。

等后来用针把脓包挑破，用红汞消毒、消炎，把冻疮治好了，我才又去上学，课程耽误了两个礼拜。

第二年冬天，也就是我上高中二年级时的1961年冬天，还是因为家境困难，没吃没穿，抵抗力下降导致我生了一场大病，经历了一场生死劫。

这年冬天，一个清冷的早晨，我从南沟家里向学校走去，不知为什么浑身像散架似的无力，连路也走不动，几步一歇，好不容易来到教室，在位子上坐下，但仍旧是浑身软绵发烫，头昏脑涨，无法听课，老师见状，就叫我回家休息。我不知道是怎么走回家的，只知道我回家后躺在床上就再也起不来了。

我躺在床上，神志不清，口干舌燥只要水喝。我妈就在床头放了一只大砂锅，里面装满清水，我不一会儿就要喝一大碗，还是感觉渴。我的嘴里一点水分都没有，浑身烧得像炭火一样。这时，我神志散乱，噩梦连连，时而清醒，时而昏迷，口中胡言乱语，大叫不止。父母日夜陪伴，喂我喝水，也曾请村医给我打针，给我开中药吃，但都不见效，一天一天地拖着，双亲束手无策。

在昏迷中，有时，我会看到鬼，它们在我周围乱晃，我叫母亲把菜刀放在我枕头下，以便我随时可以用菜刀砍它们。有时，我会向许多人宣讲国际形势，从中苏论战，到中印关系，等等。我口若悬河，一直讲，一直讲，父母知道我在讲胡话，感到害怕，把我唤醒，叫我不要讲了。我躺在床上手脚都无法动弹，我回答父母说："它们非要听我讲，我没有办法。"还有一次，也是在昏迷中有人向我提问："谁青春常在，不会老？"我回答："只有《红楼梦》里的林黛玉永远年轻，不会变老。"我感到我的回答很机智，为此我梦中还感到很自豪。

那时，我们家没有体温计，也不知道我的体温是多少，估计烧到40摄氏度。农村医生也到我们家多次给我打退烧针。但是，高烧一直退不下来，我也就一直处于高烧昏迷状态，不吃不喝，不拉不尿。过去了多少天我不知道，估计有一个来月吧！

有一天，在昏迷中，我感到口渴难耐，在梦中信步来到一个地方，这地方有一座城，城门上有字，看不清。用目四望，阴森森，雾茫茫，又湿又热，一切都模糊不清。一条道路，两边有许多店铺，卖什么看不清，还有许多人，但看不清他们的面目，都来去匆匆。右边道旁有草屋一间，外搭凉棚，棚下有一火灶，上有铁锅一口，内煮绿豆小米稀饭。有一老婆婆坐在灶后，见我当街而行，就招呼我，问我要不要喝绿豆稀饭。我实在太渴了，很想喝那铁锅中的绿豆汤，那绿豆汤对我太有诱惑力了，我准备上前去要一碗。就在此时，我脑中闪出三个字"迷魂汤"。我在那锅"迷魂汤"前止住了步。我心里想那是"迷魂汤"，决不能喝，渴死也不能喝，喝了就不能返阳回来了。我最终战胜了自己，不喝"孟婆汤"。

在这里，我要多说几句。

什么是孟婆汤？谁是孟婆？

孟婆汤是中国古代流传下来的传说，据说这种汤喝了之后可以忘记一切忧愁烦恼，忘掉一切爱恨情仇。因为这种汤是孟婆煎熬出来，也是孟婆端给人们喝下去的，所以被称为孟婆汤。

据《佛学大辞典》记述，孟婆生于西汉时代，自小研读儒家书籍，长大后开始诵读佛经，凡有过去之事不思，未来之事不想，在世时唯劝戒杀吃素，年至81岁时，终是处女。只知自己姓孟，入山修道，直到后汉。因为当时世人有知前世因者，往往泄露天机。因此，上天特命孟婆为幽冥之神，并为她造酆忘台，准选鬼吏使唤。这位专门给鬼魂喝"迷魂汤"的孟婆，在阴间特蒙阎王恩准开店叫"孟婆店"，孟婆店所在处，叫"孟婆庄"。据说人去世后，要经过"黄泉路"，要跨过"奈何桥"，桥边设置有"望乡台"一座，望乡台台下有一"孟婆店"，孟婆卖汤如酒，如果喝下孟婆汤，再看一眼"三生石"，最后便走向了另一个世界。

世人都在问，有阳间，还有阴间吗？有人相信有天堂地狱，警示世人要"诸恶莫做，众善奉行"，"善有善报，恶有恶报"。也有人认为世界是物质的，人死如灯灭，没有所谓的阴间，不信因果，不怕报应。无论相信与否我觉得还是要相信因果，相信善恶有报，要心中向善，人生才有快乐，才有好的结果。

闲话说完，回过头来再说一下，我的病是如何好的。

我在家躺在床上高烧昏迷，良医束手，父母无奈，只好等死。昏迷中我忽然听到有人叫我："李书勤！"我用力睁开双眼，看见一群同学来家里看我，其中还有一位是校医，现在已经不记得其姓氏了，他看到我后，随即对周围的人说："李书勤得的是副伤寒，马上回校拿药。"说完，这群人风一样走了。第二天学校派人给我送来了一瓶叫"氯霉素"的西药，药片呈绿色，用褐色的小瓶子装着。还同时给我送来了一袋面粉，有30斤左右。感觉真是久旱逢甘霖呀！

一片氯霉素吃下去，立马烧就退了，也清醒了许多，等我吃完第三片氯霉素，觉得一身轻松，有霍然而愈的感觉。在床上躺了一个多月，能起来了，能下地了，脚踩在地上感觉就像踩在棉花上软绵绵的，身体东倒西歪，两只耳朵嗡嗡作响。用面汤将养了半个月，我的身体痊愈了，我与死神擦肩而过。看来，我坚持不喝"孟婆汤"是坚持对了。但是至今我感到十分遗憾的是，我病愈上学后，由于年少无知，不知道去向自己的救命恩人道一声谢，到现在连恩人名字都已忘却，只能用自己的一瓣心香，遥祝恩人健康长寿了。

冬天过去了，经过恶补，我的学习成绩很快赶了上来，期中考试平均成绩是98.2分。"太不可思议了，李书勤是怎么学习的？"这个问题在学校师生中始终是个谜。"李书勤家里那么困难，缺吃少穿，病得那么严重，病了那么长时间，为什么考试成绩还是那么好？"为了解开这个谜，学校领导给我组织了一场报告会。

那是一个春寒料峭的上午，在学校"讲楼"前的广场上，坐满了全校师生，校领导讲话后，我走上讲台，面对全校师生我讲了些什么，半个多世纪过去了，已经忘记。我只记得我当时上台讲话时的装束和形象是什么样的。我穿着两肩露着棉花的棉袄，因为经常为生计打工干活挑担子，棉袄的双肩总被磨破，露出棉花，穿着农民一样大裤腰的棉裤，穿着露着脚趾头的布鞋，蓬着头，瘦弱不堪。那时在我身上应该看不到"风流倜傥，风华正茂"这八个字，看到的只是一个坚韧、吃苦、嗜读的学子。

我的学习经验报告会，有没有效果，是否受到好评，讲完后，是否有掌声，我都回忆不起来了。反过来，我在全校师生心里却留下了深刻的印象。以至于许多年后，一位不在一个班级，也不在一个年级的密县一中校友告诉我，有一个学生曾说："李书勤是密县一中最穷的学生，不知道他的学是咋上下来的。"有时问起中学同班好友《郑州晚报》总编辑、作家慎廷凯，还有同班好友邵文彬对我上学时的印象，他们的回答就一个字："穷"。

"穷且益坚，不坠青云之志"，我原名"书琴"，后改为"书勤"，以韩愈诗"书山有路勤为径，学海无涯苦作舟"，自勉耳。

十一 奇迹没有发生

从 1958 年到 1976 年这近 20 年，是火红的年代，是激情燃烧的岁月，是充满美好理想和梦幻的日子。真理与谬误、真实与谎言、善与恶、美与丑，同时涌现在祖国的大地上，令人感叹，令人唏嘘！

1958 年前后，在中国共产党和中华人民共和国历史上，是极不平常的一个时期。以毛泽东为代表的中国共产党人，胸怀"落后就要挨打"的忧患意识、"开除球籍"的危机感和"尽早改变我国落后面貌"的强烈愿望，用"多少事，从来急；天地转，光阴迫。一万年太久，只争朝夕"的豪迈气概，带领全党和全国人民接连干了几件大事：制定建设社会主义的"总路线"，以及在它引领下发动的"大跃进"和在全国范围内大搞"人民公社"化运动。那时，辽阔的祖国大地到处是一马当先、万马奔腾、大干快变、超英赶美的壮观场面。

"总路线""大跃进"和"人民公社"，当时人们习惯地把它们称为"三面红旗"。

党中央试图通过"三面红旗"，把工作中心转移到经济建设上来，快马加鞭地推动国家的经济建设，尽早挤入世界先进国家的行列。这个愿望和决心是好的，是毋庸置疑的。

伴随着总路线的实施，"大跃进"也随之兴起。而且，这一搞就是五年的跃进期。1958年春轰轰烈烈开展的大规模农田水利建设运动，是"农业大跃进"的前奏。当时，全国投入建设的劳动力到12月份达到8000万人。在中央召开的南宁会议上，党中央提出以跃进的速度提前实现农业发展纲要确定的目标。人民日报发表了《十分指标、十二分措施、二十四分干劲》的社论，使跃进的浪潮一浪高过一浪。

在那个年代，中华大地上"不怕做不到，就怕想不到"，"天上没有玉皇，海里没有龙王，喝令三山五岭开道，我来了！"等豪言壮语写遍祖国大地。

当时，农业"以粮为纲"；工业"以钢为纲"，"以钢为纲"带动一切。于是大江南北各行各业，都紧急行动起来，为完成年产1070万吨钢的任务而奋斗。一场全党、全民大炼钢铁的运动，在960万平方公里的大地上开展起来。为了找矿，许多地方由党委书记带领群众上山，就连中小学生、七八十岁的老人都参加进来。

成千上万的农民置农业生产于不顾，置正在收割的庄稼于不顾，背着镢头、带上锅灶，浩浩荡荡，上山挖矿、挖煤、砍树，用土办法，"小高炉"炼铁炼钢。这场土法炼钢运动，给国家的人力、物力、财力都造成了巨大的浪费，不少地方矿产资源遭到严重破坏，自然环境面貌全非。森林被砍光，群众做饭的锅、门上的锁扣等，都被砸烂炼钢了。

1958年5月，密县南沟村的全体居民都被要求搬离，因为整个南沟村居民住的地方，要腾出来给来自豫东地区的民工住。这些民工有几百人，住在南沟村是为了挖铁矿石。在哪儿挖呢？就在南沟南边山坡上挖。当这几百人用了四个月的时间，把南沟边上的山坡挖了个底朝天，没挖到一块矿石的时候，他们全部撤走了。只落下一个大大的深坑和山大的泥土堆，把原来城南几个村镇通向密县城的大道也挖断了，他们也不进行回填。至今，这个大深坑和残渣还像一块人体上的伤疤裸露在那里，没有人，也没有谁有力量回填、修复。

民工离开后，当我们返回自己家中时，我发现院中我种植的两株桃杏树也不复存在了，何况其他。

1958年6月19日，密县全县机关、农村实行公共食堂就餐制。这年9月全县实行人民公社化。当年夏秋两季农业喜获丰收。可是，由于农民参加大炼钢铁运动，秋收受到影响，许多庄稼烂在地里。农村公共食堂开始办时，是大家围坐在桌子上吃，有菜、有馍、有汤。没几个月粮食少了，就只能每顿喝稀的了。到了1959年上半年，食堂还有点粮食，但是吃不饱。下半年，由于秋旱粮食没收上来，每个人定量更少，群众开始出现营养不良的浮肿病。

下面说一个发生在我们密县一中"大跃进"中的奇葩事。该故事真实不虚，我亲自参与的，至今难以忘怀，讲出来聊供大家一哂。

我们密县一中校院东墙外是一个大操场，其东南角是一篮球场。1959年秋天，麦子播种季节，学校有一教生物的老师提出一个亩产20万斤小麦的项目。学校领导同意这个项目，并且由我们年级两个班具体落实。在该老师的指导下，七八十个同学要先把篮球场按一亩地的面积进行深翻，深翻多深呢？深翻丈二深，即四米深。

把篮球场的球篮拔掉，扔到远处，再用白石灰画出一个一亩地面积的四方形，同学们轮流分块进行深挖，把挖出的土先码放在四周。然后，该老师要求同学们上山割草，并把割回来的草，摊入已经挖好的深坑中，像现在制作洋快餐"三明治"一样，一层草、一层土。每层土都要经过筛子筛，除去石头和杂物。一直到把这一亩地填满，再用井水灌，直灌到这一亩田水分足了为止。

这一亩地的土、肥、水都解决了以后，该老师考虑要播种了。要播多少种子呢？老师的最初想法是播1300斤。可是当老师带领同学向这一亩地播撒了134斤后，发现这一亩地里已经是种子挨着种子，种子间没有空隙了，也就只好不再播种了。

一个月后，这一亩地像一块令人赏心悦目的、毛茸茸的、嫩绿色的草毯铺在地上，既可爱，又好看。

为了后期能对这亩小麦进行田间管理，同时也为了小麦田的通风透光，我们只好对这碧玉般美妙的草毯进行"破坏"，即从田中间拔掉了部分麦苗，形成一个50公分宽的十字形小路。

到了1960年春3月，麦子抽穗拔节的时候，再看看这一亩田里的麦子，一人多高，密不透风，根根纤细的像根根细线，大风已经吹倒了一片又一片，卧在那里，像牛在里面打过滚似的。

同年6月，收到场上的麦子，打完场以后，听说是收了1900斤。

这1900斤麦子里，到底有多少斤是这田里生产出来的，没有人知道，也没有人过问。

《荀子》天论曰："天行有常，不为尧存，不为桀亡。应之以治则吉，应之以乱则凶。强本而节用，则天不能贫；养备而动时，则天不能病；修道而不贰，则天不能祸。故水旱不能使之饥，寒暑不能使之疾，妖怪不能使之凶。本荒而用侈，则天不能使之富；养略而动罕，则天不能使之全；倍道而妄行，则天不能使之吉。"信然哉！

十二　从密县到上海

1962 年 8 月，我收到了华东纺织工学院的录取通知书，兴奋又激动，因为我是密县一中建校以来第一个考入上海高校的毕业生。

8 月底，我按通知书上指导的路线从七里岗乘火车到郑州，再从郑州乘从乌鲁木齐到上海的 54 次列车前往上海。我是第一次离开密县，第一次乘火车，不知道除了 54 次火车可以到上海，还有别的火车可乘，比如有郑州直达上海的列车，人少，还有座位。54 次列车乘客多，连车道上都挤满了人，甚至还有人躺在座位下面，行李架上塞满了行李，列车员倒水都挤不过去。我有幸买到了座位，坐在了靠近窗口的位置。当火车"呜"的一声，缓慢启动后，我感到自己的心在"砰砰"跳，我的心告诉我，再见了密县，再见了那生我养我的土地，再见了那让我难忘的苦难岁月。我要去一个新的世界、新的地方，那是一个比古老贫瘠的密县不知要好多少倍的光明的地方。火车在铁轨上飞奔，我的心比火车飞得更快。向着前方，向着远方，一直到大海边上的上海。

火车在河南境内奔跑时，我看到，铁道两边的田野里，庄稼长得没有草高，农民的茅草房低矮破败，村庄里看不到绿树成荫，一派令人心酸的萧条景象。看不到田野里有人劳作，也看不到牛羊鸡鸭的踪影，大地显得一片空旷死寂，不见生机。火车在奔跑，只有在大城市的火车站，才可以看到背着大包小包、手拉孩子、挤得满头大汗的人们，拥挤着、争吵着，跌跌撞撞地挤着推着上火车。有人上不来，就从窗子向车里爬，外面有人推，里面有人拉。火车开动了，许多旅客都气喘吁吁，汗流浃背，脸上露出满意的笑容。

火车在跑，两边的景物快速地闪过，整个长江以北地面，景象大体相仿，都像大灾过后的样子。

火车到达浦口已过半夜。那时五千里长江上只有一座武汉长江大桥，而1962年的南京还没有大桥，火车需轮船摆渡才能过江，即火车头要把客车车厢，一节一节推送到渡轮上，摆渡过长江到达长江南岸，然后再一节一节地把车厢连起来拉到南京站。

夜里下起了瓢泼大雨，我安静地坐在自己的座位上，听那火车上船下船的金属碰撞声。心里想，我就要到南京了，到六朝古都了。这时，我记起了两首唐诗，想起了一个人。

其中一首唐诗是唐朝诗豪刘禹锡写的。刘禹锡，字梦得，河南洛阳人，诗文俱佳，涉猎题材广泛，与柳宗元并称"刘柳",与韦应物、白居易名称"三杰",并与白居易合称"刘白"。所作《乌衣巷》是其名篇:"朱雀桥边野草花,乌衣巷口夕阳斜。旧时王谢堂前燕,飞入寻常百姓家。"这是一首怀古诗,凭吊东晋时南京秦淮河上朱雀桥和乌衣巷的繁华鼎盛,而今野草丛生,荒凉残照,感慨沧海桑田,人生多变,"夕阳斜"深抹背景,美而不俗,语虽浅显,味却无限。

另一首诗是晚唐诗人杜牧写的。杜牧,字牧之,号樊川居士,京兆万年人。杜牧是晚唐杰出的诗人,诗内容以咏史抒怀为主,其诗英发俊爽,多切经世之物,与李商隐并称"小李杜"。他写的《江南春》:"千里莺啼绿映红,水村山郭酒旗风。南朝四百八十寺,多少楼台烟雨中。"这首诗使我仿佛看到了辽阔的千里江南,黄莺在欢乐地歌唱,丛丛绿树映着簇簇红花;傍水的村庄,依山的城郭,迎风招展的酒旗,一一在望。多少金碧辉煌、屋宇重重的佛寺,出没掩映于迷蒙的烟雨之中。

这首诗也使我想到了一个人,一个既长寿,又雄才大略,特别佞佛的一位南朝皇帝——梁武帝。梁武帝萧衍活了86岁,当了48年皇帝,在位前期颇有政绩,晚年爆发"侯景之乱",都城陷落,被侯景囚禁,死于台城。萧衍笃信佛教,脱下帝袍,换上僧衣,三次舍身同泰寺靠群臣捐钱赎回。萧衍不近女色，不吃荤，并从《大般涅槃经》中找到理论依据，下令僧人必须吃素。至今汉传佛教僧人吃素始自梁武帝。

梁武帝在位期间致力于建寺，写经、度僧、造像。对此，梁武帝自以为很有功德。所以一见达摩祖师，他就很得意地问达摩道："我做了这些事，有多少功德？"谁知达摩淡淡地答道："没有功德。""为什么没有功德？"武帝追问。达摩答道："这些都是有为之事，不是实在的功德。""那什么才叫真正的功德？"武帝追着问。达摩答："净智体园，体自空寂，这叫真功德，而要获此功德，必须依仗无上智慧，不能靠那些有功之事。"

达摩见武帝不能领悟，话不投机，遂一苇渡江北上。

达摩走后，梁武帝的老师志公禅师进来。武帝便把自己和达摩的对话告诉了志公。志公一听，大加赞叹："达摩大士开示的禅理，如此深切，看来他就是观音菩萨的化身，乘愿来这里传佛心印的。"梁武帝一下幡然醒悟，懊悔不已，要派人去追，志公禅师微微一笑，说："你追不回来了。"

车厢里人多，乱哄哄的。由于困，我迷迷糊糊，似睡非睡，只听"咣"的一声，列车员高声喊道："到常州了，到常州了，到站的快下车，快下车，停车三分钟。"我睁开眼，望着车窗外，站台上有卖小吃的，也有卖木梳篦子的。木梳篦子是常州的特产，篦子是旧时妇女篦头发用的，现在几乎消失不用了。

火车在常州站停了三分钟，就启动了，风一般向前飞跑。我脑海里有一位常州古人——季札，也飞快向我走来，他慈眉善目，须发皆白，我们好像很早就认识，像老朋友似的。

季札，又称公子札，延陵季子，是春秋时吴王寿梦的第四子，传其为避王位"弃其室而耕"，于常州武进焦溪的舜过山下。季札不仅品德高尚，而且是具有远见卓识的政治家和外交家。

这里我想起了一个季札挂剑的故事：季札要西去访问晋国，路过徐国，徐国国君很喜欢季札佩戴的宝剑，嘴上没说什么，而脸上露出了羡慕之意。季札因为有出使上国的任务，就没有把宝剑献给徐国的国君，但是他心里已经答应给他了。季子出使晋国，回来时再次路过徐国，徐君已经死在楚国，于是季子解下宝剑送给继位的徐国国君。随从人员劝季子说："这是吴国的宝物，不是用来赠礼的。"季子说："我不是赠给他的。前些日子，我经过这里，徐国国君观赏我的宝剑，嘴上没说什么，但是他的脸色透露出想要这把宝剑的表情，我因有出使上国的任务，就没有献给他，虽然这样，在我心里已经答应给他了。如今他死了，就不再把宝剑敬献给他，这是欺骗我自己的良心。因为爱惜宝剑而违背自己的良心，正直的人是不会这样做的。"于是解下宝剑送给继位的徐国国君，继位的徐国国君说："先君没有留下遗命，我不敢接受宝剑。"于是，季子把宝剑挂在了徐国国君坟墓边的树上就离开了。徐国人赞美延陵季子，歌颂他说："延陵季子兮不忘故，脱千金之剑兮带丘墓。"

　　带着对延陵季子的崇拜和敬仰，我离开了常州，望着车窗外那一眼望不到边的金色稻田，那座座绿树环绕的村庄，不一会我就看见了左手边虎丘山的斜塔。虎丘山上虎丘塔是世界第二斜塔，中国第一斜塔，是苏州的象征，苏州的标志。车停苏州站，苏州小吃令我嘴馋，苏州园林令我眼馋，尤其是唐朝诗人张继那首《枫桥夜泊》诗："月落乌啼霜满天，江枫渔火对愁眠。姑苏城外寒山寺，夜半钟声到客船。"诗中的寒山寺更令我神往。苏州自古都是风流繁华地，温柔富贵乡，希望有朝一日到此一游。

　　苏州距上海乘火车不过咫尺。一走出上海站，就觉得眼前一亮。一个从古老密县走出来的孩子，一个从没到过江南的北方农村孩子，一个生长在穷乡僻壤连省城都没有到过的孩子，一个土里土气穿着一身农村破旧服装的19岁小青年，站在繁华大上海的火车站广场上举目四望，高楼大厦令人眩晕，暖湿的空气和北方农村大不一样。人们不分男女老幼都衣着光鲜亮丽，马路上人来人往，车来车往都有秩序，十字路口红绿灯变换不停，红灯停，绿灯行，没有人胡穿乱走。过去听人说，上海是冒险家的乐园，觉得十分可怕。真真切切地到上海一看，不是那么回事，上海是繁荣的、有活力的、文明的大都市，使人感到亲切和可爱的大都市，和密县比有天壤之别。上海和密县农村的差别何止是富裕和穷困，何止是先进与落后，何止是文明和愚昧，这种种巨大的落差是方方面面的，是多少年也弥补不了的。

到了上海，我感到是从地上到了天上。从此，我告别了饥饿，告别了穷困，告别了落后，告别了我那多灾多难、让我爱恨交织的故乡。故乡啊，故乡，生我养我的桑梓地，我爱你，也恨你，但我不能忘记你，我衷心地祝福你，希望你能文明、富裕、繁荣起来。新密是有希望的。

十三　卞小玉

1962 年 8 月底，当我走出上海站，拿着华东纺织工学院的新生录取通知书，寻找 69 路公交车时，费了好大的劲，问了许多人，才找到一条不知名的巷子，在一根电线杆下，停着一辆 69 路车。当时车门还没有打开。离车门不远处，站着一位模样像学生的女孩，她看了看我问道："你去哪里？""我去华东纺织工学院报到。"她又问："你是新生吗？"我回答："是。"她接着问："你是哪里人？""我是河南人。"她马上说："我也是河南人，是开封的，也是新生，我已经报过到了，我叫卞小玉，我们一块儿到学校，我带你去报到。"我回答说："谢谢。"

老乡见老乡，两眼泪汪汪。见卞小玉这个开封老乡这么热情，心里很感动，一个人来到上海，人生地不熟，有老乡帮忙正是求之不得的事。卞小玉中等身材，比例匀称，显得很健壮。她齐耳短发，面目端正，微黑，声音洪亮，难得有阳刚之气。在她的帮助下，我顺利地办妥了入学手续，她分在了针织 621 班，我分在了机织 621 班。我们是一个大班，我们这个大班共有五个小班，机织三个小班，针织一个小班，纺材一个小班。有时在大教室上大班课，更多的时候是分开上小班课，我和卞小玉虽不是一个小班，但是我们是一个大班，见面的机会总是会有的，何况她住的宿舍和我们小班女生住的宿舍就紧挨着，所以彼此消息灵通。

1962年，当时华纺分为三个系：纺织系、纺化系、机械系。纺织系招了两个大班纺部和织部，每个大班分成五个小班。那时，是困难时期，招生比较少，全校师生不超过四千人。

由于我们是纺织学校，女生占65%。我们机织621班共30个学生，其中女生就18个，而男生只有12个。当年全河南华纺只招了10个学生，其他有来自山东、江苏、浙江、福建、广东、上海等地的，以上海学生居多。

作为纺织大学的华纺有几个特点：一是女生多，二是校园美，三是饭菜香。华纺食堂在上海高校中首屈一指，不仅干净卫生，而且顿顿不重样，红烧大排骨、腐乳肉、红烧带鱼，甚至海鲜梭子蟹都曾被列入菜谱。食堂里还经常做烂糊面、蒸发糕。上海青、油麦菜更是每天必不可少的新鲜青菜。所以，你可以看到华纺的学生个个都满面红光，精神倍爽。那时的华纺女生经常是排骨不吃，肥肉不吃，只吃咸菜。

当年华纺学生不多，花草树木多，四季鲜花不断，绿草如茵，更有小桥流水，后院成片的桃花、梨花开满枝头。中心大楼、教研大楼、实验楼、男女生宿舍楼在校园绿树丛中错落有致，华纺真是一个读书的好地方。同时，也是一个风月无边的好地方。

我们机织 621 班有 12 个男同学。其中，只有 3 个是外地人，两个南通的，一个河南。全校男生住在 1 到 5 号楼，我们班男生住在 5 号楼。整个纺织系 62 级男生基本上都住在 5 号楼。

在华纺，不论是讲课，或者是同学之间交流，统统使用上海话，上海话是华纺的官方语言。学习上海话最成功的是浙江人和江苏人，他们学得快，也学得像，学上海话最不成功的是北方人和广东、福建人，怎么学都学不像。

学校没有早自习，没有早操。上午四节课，有大课或小课，教室都不固定，下午两节课，其他时间自由安排。你不学习、不上课也没有人管你，全靠自觉。学生见老师，不称老师，而叫先生，不管男女，对助教也是如此。先生上完课，扭头就走，其他的都交由助教去办。不懂不会的，需提问的，找助教。在华纺，学习压力不大，成绩也都差不多，从不进行学习成绩排名。在华纺学习几年，大家都认为我学习好，可我觉得自己学习成绩平平，并无过人之处。我在华纺的学习，精力从未放在主课上，平时我看了许多自己感兴趣的书，比如中外哲学、历史、心理学之类的杂书。

1962年9月初，在我报到时，学校让我填一张表，内容是你愿意参加什么社会活动，有许多选项。我选择了参加校广播台采编组的活动。几天后的某日下午，一对美女，一胖一瘦，胖无赘肉，瘦不露骨，皆妩媚姣好，来到我的宿舍要找"李书琴"。她们自称是校广播台的，要找"李书琴"。"我就是李书琴"。当她们俩见到我时差点晕倒，她们原以为李书琴是个女婵娟，没有想到是一个黑大个儿。她们通知我被校广播台录取，可以去校广播台工作了。稍胖的女孩叫李德馨，而稍瘦的女孩儿叫樊怡怡。李德馨是机械系的，上海人，毕业后不知去处，失去了联系；樊怡怡，温州人，后来成为我妻子。当时，她们比我年龄大，比我年级高，是我学姐。来男生宿舍找我是受广播台的委派结伴来通知我的。由于我名字中的"琴"字有点女性味，常造成误会，后来我就改"琴"为"勤"了。

大学一年级时，我被推选为小班的班长，全班男女同学都对我这个北方同学十分友好。特别是有一个福建泉州来的叫胡丽丽的女同学，对我有好感。她对我有好感，根据有三：一是有一次，她给我写了一封长信塞到我手里就跑开了，展信一看，说了我一大堆好话。当天晚上，我就约她出来，在学校僻静处和她交谈，首先感谢她的美意，接着告诉她，女同学写信给男同学是危险的，如果碰到不良之辈，拿信出去宣扬，会有损女孩儿名誉。此事你知我知，我现在当着你的面把信撕了，你我都可心安了。于是，我当着她的面把信撕得粉碎扔到水里。当时，我只是照我的想法去做，并未站在对方的立场想一想这种做法是否合适。

根据二：那时初到上海，我个子大，吃得多，胡丽丽经常在上晚自习时，最后一个走，走到我旁边，会在我看的书下边塞进去一样东西——饭票。

根据三：不避嫌疑，敢说好话。我们班上有个女团支部书记叫闫明丽，上海人，聪明又美丽，爱说爱笑。她几次和我说："李书勤，胡丽丽对你真好，事事替你说话，到处护着你。"胡丽丽平易近人，和蔼可亲，人缘特别好。她对我好，成了我们班女同学的一个共识，并且我发现女生们都乐见其成。

那时，我还是一个生瓜蛋子，不解风情，不理解女孩儿，对于胡丽丽那时的真情厚意我没能给予善意的回报，并且还对她有所伤害，至今还感到十二分的愧疚。1998 年前后，我偕妻樊怡怡专程到泉州看望胡丽丽，见到胡丽丽在一家企业担任厂长，丈夫和儿子都很好，一家人和和美美，我真心为她高兴，同时也了却了我一桩憾事。

说到我对胡丽丽的伤害就不能不提到一个人，这个人就是我的开封老乡卞小玉。

卞小玉的祖父是个老中医，在郑州黄河医院当大夫。其父亲身体不好，在家休息，她姊妹三个，其中一个妹妹和她一同考入上海，妹妹在同济大学学习。我和卞小玉虽在一个大班，但不是一个小班，所以我们平时接触不多，彼此不很了解。但是在1963年春，我母亲病重期间，她和我们班的男女同学一样都很同情、关心我。他们给我买了许多糕点之类的食品让我带回家孝敬母亲。卞小玉还给她祖父写了一封信，让我带母亲找她祖父看病。因此，我对她特别感激。

1964年暑假，学校安排我们62级男生下连当兵，时间一个月。我被安排在上海川沙县北蔡人民公社的一个探照灯排当兵。这一个月确实得到了锻炼，提高了纪律性，也增强了体魄。

回到学校后，暑假还没有结束。有一天卞小玉来找我，我看她神色沮丧，她对我说："我想死！"听她如此说，我大吃一惊，连忙安慰她说："出了什么事，你给我说说，看我能不能帮你。"我们就在学校找了一个清净所在听她诉说。

她的话，闪烁其词，听了半天，我真的是一头雾水。她的话总的意思是：她们班的女生都不搭理她，不跟她玩，有点看不起她，欺负她。等她诉说完毕，我劝她道："我们是来学习知识的，不要在意别人的看法，要快快乐乐地向前走。"我劝她的话，好像很有效，她的脸色马上变得开朗起来。从此，她常邀我去逛街或在校园中散步谈心。这时学校还没有开学，学生们大都还没有返校，学校校园显得静谧而温馨。

有一天中午，她邀我在她的宿舍里吃面条，我胃口不好，只吃了半碗，只见她把我吃剩下的面条倒进自己的碗中吃掉了，这一举动让我莫名感动。

在一次谈心中，她说："你们班的女生都说你跟胡丽丽好。"我接着她的话茬开玩笑地说："怎么可能呢，你看我这么高，她那么矮。"这句话是我一生中最不该说的话，而卞小玉在暑假结束，开学之后，把我说的这句话，告诉了我们班的全体女生。从此以后，我们班上的女生看我的眼神全变了，由过去信任、尊重的目光，变成了冷漠与鄙视。当时，我不知所措，不得其解。

还是在暑假期间，卞小玉一再说下一个假期一定要去我的密县老家看看。我说："欢迎你去，不过我家很穷，你一定受不了。"她还一再催促我表态，表什么态呢？我心里知道该表什么态。我犹豫再三，当她再次催促我表态时，我想我一个农村穷小子，人家开封大小姐能看上我，追我，我还装什么蒜呢！于是我委婉地说："我希望今后能和你一块儿工作和生活。"我说完这句她完全懂的话，她当然是兴奋的、高兴的。从此，她不再问我这样的话了。没想到我的千金之诺，在她那里竟然轻于鸿毛。

暑假结束开学后，很快就到了国庆节，在学校门口我碰见她，问她去哪里？她说："去同济大学，看看妹妹。"从她那闪烁不定的眼神里，再也看不到暑假校园里她看我时的那种目光。我知道我被她骗了。

秋天，学校组织我们班去上海县北朝公社摘棉花。我收到卞小玉的一封长信，她在信中大谈革命理想，谈大学生要专注学习，不要早恋，等等。

以后曾三次与卞小玉见面，并谈了话。头两次还是在华纺，时间是 1967 年，有一天在校园的路上，我和她走了个脸对脸，她看着我说："你还恼着我呢？"我说："没有。"她又说："啥时候去你家看看吧！"我说："有人啦。"她"哦"了一声，错身而去。还有一次见面是在华纺的小食堂。她见我端了一碗阳春面放在樊怡怡的座前，当我返身再去买时，她走到我跟前悄声问："她是谁？"我回答说："纺化系的。"她无趣地离开了。

最后一次见到卞小玉，是许多年后，大概是 2000 年前后。冬天，某一日下午，在纺织厅我办公室，接到一个电话："喂，你知道我是谁？"我说：

"你是卞小玉。"她在电话中说:"我们能不能见见面?"我说:"可以。"我问她住在哪里?她说:"火车站。"我把见卞小玉的事给樊怡怡说了。樊怡怡说:"老同学,老乡,这么多年了应该见见面。"

我在郑州火车站附近的小餐馆里,请卞小玉吃饭,其间卞小玉问我:"你还恨我吗?"我说:"我不恨你。"她又问:"我能去你家里坐坐吗?"我说:"不方便。"饭后便各自散去,没有再见。

吃饭时,我没有问她是怎么知道我的电话号码的。只知道,她当时在西安市交通学校教书,大概她老公也在这个学校工作。

人们常说:不是一家人,不进一家门。岂虚言哉!

十四　锦绣之命

旧社会，包括新中国成立后一段时间，密县城乡常有算命瞎子游走在各个村镇之间。他们一般都是两个人一组，或一妇女，或一儿童用一细竹竿，长约丈余，用来在前面牵着瞎子行走。到了或路过村镇有人的地方，瞎子就放下竹竿，一手用两块长条形铁板，有节奏地拍打，发出声响，另一手用一拇指粗、长约五寸的圆柱状铁棒敲击铁板，和铁板拍打发出的有节奏感的声响在告诉人们：算命先生来了。

谁家的牛跑丢了，能不能找到？谁家的老人病了，能不能好？谁家的儿子要定亲，女方八字对不对？无论什么事都可请算命先生算一算吉凶祸福。这种算命先生都是根据生辰八字来算的，不是看手相、看面相、看身相、看骨相、看气色等，因为他看不见。算命先生能言善辩，有时算的准，有时算得不准；有的算得准，有的算得不准。但当算命先生给你算过之后，你一定会充满希望，高兴一阵子的。应验了，大家就以活神仙命之。没应验的，也是因为自己心不诚的缘故而不会去追究算命先生的。算命先生都是心理学家，世事洞明，巧舌如簧，话都说得活络周全，一般不会被难住。算命先生给人算命还是要收一点小费的，小费不多，聊以糊口，有时也确实起到了教化人、教人从善、抚平心理创伤的作用。

小时候，城里有庙会，闲暇无事时我会去游逛，又没有钱买吃的，买用的。我就爱坐在看相的、揣骨的、算卦的摊位边上看热闹，听他们瞎吹胡喷。有一次，我坐在一个看相的老头旁边，和他保持一定的距离，免得影响他的生意。过了好长时间老相师见无人问津，也闲得无聊，扭头见我坐在一旁，就盯着我看了一眼，对我说了一句令我终生难忘的话："桃花眼，好妻命。"老相师对我说了这句话后，就回过头去做他自己的生意了。我那时不过七八岁，对好妻命似乎不感什么兴趣，也没有什么兴致，起身走了。但是，老相师对我说的"好妻命"这句话，我却记住了。

大概也是在这个年纪吧。我们家除了父亲识几个字外，其他人都是文盲，我是小学一二年级的学生，认的字比其他人要多得多。有一天，我在我妈的针线筐里发现有一本书，我妈大概是用这本书来夹鞋样的。这是一本什么样的书呢？这本书来路不明，既无封皮书名，也无封底出版单位，白棉纸，毛笔小楷，字如黄豆大小。书本前后几页残破不全，但残留部分尚有不少，仔细看了残留部分才知道这是一部预测命运的书，不知书名，只见每页上部画一个小乌龟，下部有几行字。这几行字的内容和上面小乌龟的形状，与乌龟尾巴的长度是对应的。

我把这本书拿来仔细研究，按照书上指点的顺序，用火柴棒去拼个小乌龟，先用六根火柴拼一个小乌龟壳，再用四根火柴拼乌龟的四条腿，接着用两三根火柴去拼乌龟的头和尾巴。大体是这么个拼法，中间还有许多细节。最后是根据手中剩下火柴棒的长短，找到书本上尾巴长短和手中火柴棒长短一致的小乌龟。该小乌龟的命就是你的命。我拼的小乌龟的命是"锦绣之命"，那么，我的命也就是"锦绣之命"。这本书上有许多小乌龟，每页都有，有许多不同说法的命。对于"命"的问题，有人信，有人不信，从古至今争论不休，莫衷一是。也许是人们常说的巧合吧，而我的锦绣之命确实是真实不虚的。

何为锦绣？精美鲜艳的丝织品是也，同时也比喻美丽或美好。

我自 1962 年上华东纺织工学院起，一直干纺织，从棉纺织厂的修机工做起，先后当过棉纺织厂的运转工长、车间主任、厂长，省纺织厅副厅长、正厅巡视员。近十几年，我又作省纺织行业协会会长、中国纺织工业联合会特邀副会长、中国纺织工程学会顾问等，从未间断纺织专业的工作达 55 年。纺织者，美化着人们的生活，美化着祖国，乃锦绣工作也！一个人一生有半个多世纪从事着纺织工作，也就是锦绣工作，岂不是锦绣之命吗？何况自己在这个行业里又被人虚誉为"德高望重"，居于高位，岂不更加"锦绣"了吗！外表锦绣，其里面是苦，是煎熬，是勤奋，是坚持不懈的努力。"一粥一饭，当思来处不易；半丝半缕，恒念物力维艰。"锦绣是一丝一缕辛苦编织的，幸福也是一点一点辛苦赢得的。"甘从苦中来"是一句老话，也是一句大实话。

1963 年春，我母亲去世，虽然母亲病重期间我也曾从上海回家探视，但在外求学，不能在家守护，她走时我不在身边。从此，很长一段时间心情沉重，郁郁寡欢。1963 年学校放暑假，我回到密县，由于母亲不在了，在家觉得无聊。有一天，我的一个初中同学，特别要好的朋友名字叫崔进财，听说我从上海回来了，就到我家找我一块儿出去玩。这时的崔进财是密县超化公社崔庄大队的大队党支书，从 1957 年回乡务农，后担任生产大队支书，他在南山沟里的土地上摸爬滚打了多年，显得成熟干练，对农民和农村工作都很熟悉。那个时候，在密县农村，能当个大队支部书记，是很不容易的，个个都是利害人物。没有思路、没有智慧、没有能力是不能胜任这个职务的。

崔进财邀请我去见他的一个朋友，他告诉我说：他这个朋友在密县公安局是个侦察科长，和崔进财是老乡，比崔进财年纪大些。特别是这位科长懂"六十花甲子"，连破大案要案，有如神助。

1963 年的时候，密县公安局的牌子挂在密县城十字街西，路北的城隍庙门口。我从未进去过。崔进财好像事前和他这位老乡约好似的。当崔进财带着我走进公安局，进入坐落在公安局大门楼上的科长室时，我看到一间很高很大的房间，朝南开有窗户，朝北也开有窗户，内有一桌、一椅、一凳、一床、一帐、一人而已。这一人肯定是崔进财老乡了。科长三十来岁，稍瘦，很精干，目光有神。经崔进财介绍，科长和我握手，并无过多寒暄。介绍认识过后，他们两个坐在桌旁神秘兮兮地交谈着什么，我坐在床上，除了床没有什么地方可以让我坐，而且屋子大，床靠南窗，桌靠北窗，坐在床上基本上听不到他们的讲话。我在床沿上低头看地，百无聊赖，约四十分钟，他们谈话结束，崔进财就领我与科长告辞。

走出了县公安局的大门，我们来到大街上，崔进财非常神秘地告诉我：科长说他前天就在大街上碰见过我，见我气宇轩昂，是大有前途之人，又说我不下将军之列，妻在东南等。对于科长说的话我当时是不信的。可是崔进财对科长推崇备至，说他会"六十花甲子""奇门遁甲"，预测吉凶祸福灵得很。他对我说完这些话，马上就说要赶回崔庄去，再晚，天就黑了。我挽留不住他，任他走了。时至今日，我也不知道当时崔进财从超化公社崔庄大队来到城里找我，是不是专程为了让我见见科长，让科长用法术给我预测一下前程。如果是，那老同学、好朋友崔进财的良苦用心真的让我感动。回想起五十多年前的那些细节，历历在目，崔进财的心应当是真的，真的为着我好。

在中国地图上，温州地处东南，我妻樊怡怡是地地道道的温州人，这是巧合吗？或天意如此呢！

1988年，我到河南省纺织厅工作，任副厅长，1995年任正厅级巡视员。1993年左右，当时任纺织厅的正副厅长们都住在一栋楼——18号楼，我住二楼东向，我楼下住的是开国少将汪洪青。汪洪青将军20世纪60年代曾任河南省纺管局政治部主任。他是参加过长征的老革命、老红军。1988年我来省纺织厅任副厅长时他已退休，住在将军楼内，鹤发童颜，身体尚好。将军病故后，将军楼年久失修，在其原址建了栋四层小楼，一梯两户共八家，将军遗属住我楼下，其子汪中原是我部下，私交甚厚，中原为人正直敢言，文化不高，官至副处。

孔子是个天命论者，他信奉的是"生死有命，富贵在天"，即使如此，他对容貌决定命运，以及以貌取人也觉得不可取。所以他说：以容取人则失之子羽，以言取人则失之宰予。人生一世还是相信自己的心吧，相信自己的良知吧，好人一生平安。

十五　那个烧辫梢的女孩

　　1966 年初春的一个早晨，一场小雨使空气变得湿漉漉的，我沿着杨家桥的河滨，平静的水面上倒映着东方美丽的霞光，踏着小石块砌的小径向 62 路公交车站走去。62 路公交车站位于上海铁道学院门口，从杨家桥到 62 路公交车站并不太远，快到车站时，看见有一个我熟悉的女生也在候车。她叫周祖安，听她的名字，像个男生。她是崇明县人，由于父母不在，全靠祖父抚养，故名祖安。当时，她是我们班的班长，她虽是党员，却没有当时党员的"左"的面孔。平时，她言语不多，不善于与人打交道，非常低调，但她举手投足，一颦一笑，顾盼生辉，充满了青春气息。

　　和她打过招呼，问她到哪里去？她说："去绿杨桥桃浦公社。"我说："我也是去公社汇报工作。"我们机织 621 班同学到嘉定县搞"四清"，被分配到公社不同的生产大队和有关单位，像周祖安和另外一个女同学就被分配在离杨家桥比较近的李子园大队，我则被分配到了杨家桥信用社，一个人开展"四清"运动。

我们班的女生多，男生少。在她们看来，班上的男生多数一般般。所以，我们班的班长、团支书、大班长等都是女生，只有吴馥一个男生最优秀，是体育委员。

62路公交车是曹杨新村到桃浦绿杨桥之间的班车，车次较少。我和周祖安说着闲话等候着，她忽然面向我，双目凝视着我，问道："大李，那个烧辫梢的是谁？""是纺化系的。"我回答她道。她"哦"了一声，没再问下去。我知道她是"明知故问"，我则是"答非所问"，搪塞一下而已。"大李"是我们班同学赐给我的爱称，不含褒贬的意思。如果硬要说出一个意思，就是"大个子李书勤"的简称罢了。

周祖安所问的问题是当时我们班全体男女生都关心的一个问题。我回答她说："那个烧辫梢的是纺化系的。"她是马上就懂了的，她知道我在告诉她："那个烧辫梢的纺化系的女生，是我的女朋友。"

此后，我发现我们班上的男女生对我都十分友好，有些男生会觉得对他们而言我不再是他们的竞争对手，对有些女生而言，不再心生嫉妒，一切都放下了。所以，在"文化大革命"后期，组织全班同学开展生产实践活动中，我们班上的两个"头头"就把他们的女朋友安排到我负责的一组，其中包括还没有男朋友的周祖安也在我的"麾下"。因为，他们相信我的人品，所以才放心地把女朋友交给我带。劳动实习两三个月就结束了。

那个烧辫梢的女子叫樊怡怡，是我的福星，是我的保护神。

早在 1962 年，是她带我走进了华纺广播台。当时的广播台分成四个组，

樊怡怡

我是采编组，她是文艺组，还有播音组和机务组。

华纺广播台在教研大楼三楼东南角上的房间里，地处校园中心，推窗，楼下是一个长方形的大花园。园内鲜花盛开，绿草如茵，四周植以法桐，浓荫遍地。华纺广播台下的风景好，华纺广播台里的人更好。在广播台里大家都对我友好，樊怡怡对我更好，她的朋友也是我的朋友。

比如她的朋友田桢玲，在广播台是播音员。她是上海人，父母去世后，跟随姐姐生活，住在四川北路一幢石库门楼房内。我和樊怡怡曾一起去过她家。上海人一般是不会邀请同学到家做客的，我们能到田桢玲家做客，说明我们之间的关系非常好，彼此十分信任。田桢玲比我高两届，属于 65 届，"文化大革命"前毕业，被分在北京纺织部化纤研究所。田桢

樊怡怡与田桢玲

玲天生丽质，擅长歌舞，会演话剧。在校期间曾在话剧《千万不要忘记》里饰演主角。她在校期间曾有一段没有结果的感情经历。后在北京觅得佳偶，育有二女，住青年湖水碓子，至今我们还保持着联系，有时到北京开会，我们两口子会请她到宾馆会面续旧。

在广播台期间，我还遇到过一件奇葩事。有一天，有一个开封老乡，四年级毕业班，叫项玉珍，姿色可人。她找我，叫我帮她一个忙。帮什么忙呢？她叫我帮她或者说替她，再或者说以她的口吻给一个叫孙千佛的男生写一封情书。听了她的述说和恳求，我说："你明天来拿吧。"

我替项玉珍写好情书，交给她以后，她千恩万谢地走了，后来听说他们结婚了，再后来就没有他们的消息了。

我这一辈子没有给人写过情书，没有向谁说过"我爱你"这句话。这似乎不可思议，似乎对樊怡怡不公平，但是这是事实。

事实是从1962年9月开始，我和樊怡怡就开始认识了。认识并熟悉她是从华纺广播台开始的。年轻时的樊怡怡美丽大方，善良热情，很阳光开朗。当时的校党委书记刘光军曾在全校师生大会上表扬过她，表扬她在上海松江参加1963年9月农村"小四清"中的表现，说她积极主动深入群众，会做群众工作，赢得了群众的信任和好评。我现在还记得校党委副书记孔真也曾在第三礼堂作过报告，孔真书记是位五十多岁的老革命老干部，满面红光，身体丰腴。她的讲话中有一句话令我至今难忘。她说："同学们谈恋爱时要睁大眼睛，结婚后，要闭上眼睛。"那时的华纺，领导的思想还比较解放，学校里的气氛也比较宽松，学校不提倡学生谈恋爱，但也不反对。

广播台是个平台，也是个圈子。这里有高年级的学生，也有低年级的学生，各个系的学生都有，其中不少俊男靓女，成双入对者不乏其人。据闻他们都婚姻美满，偕老白首。

在广播台我是低年级学生，好多学哥学姐对我甚好，其中包括樊怡怡。由于樊怡怡乐于助人，我有事就常找她帮忙。有一次我的汗衫破了一个洞，就去找她，到她宿舍请她把我的汗衫洞补好。樊怡怡住在女生宿舍 8224 房间，里面住了六个女生，其中有余爱仙、何若愚、林湘等人，她们都是她的同窗好友。她这班好友对我去找樊怡怡都持欢迎态度，她们都没有朝别的地方想，因为樊怡怡比我年龄大，年级高。其实当时就连我自己也没有别的想法和企图，仅是谈得来的好朋友而已。

1965 年 9 月开始的"四清"运动和后来的"文化大革命"，给我们之间的感情发展提供了时间和空间。

"四清"运动开始后，我在桃浦公社杨家桥信用社搞社教，樊怡怡被分配到江桥公社下边的一个农业生产队搞社教，上面没人管我们。一有空，我就骑上自行车穿过田埂，走近路来到江桥镇，过镇中河上小桥，再沿着河边小路走到樊怡怡工作的村庄，樊怡怡住在一个女儿叫顺英的黄姓农民家中。这个农民家庭不富有，但也衣食无忧，整个生产队以生产蔬菜为主，供应市区菜市场。我在黄顺英家吃过晚饭，饭菜谈不上丰盛，但味道可口。在江南农家铺着木地板的房间内，昏暗的电灯光下，我和樊怡怡一起与这一家人愉快地共进晚餐，其乐融融。

当我从黄顺英家走出来时，已经是满天星斗，沿途有几盏路灯忽明忽暗。樊怡怡要陪着我走过镇中

樊怡怡与江桥黄顺英

小桥，穿过镇中街道，走上大路，才肯回去。然后，我独自一人沿着来时路，骑着自行车，摸黑回到杨家桥。

在桃浦公社社教中，我从杨家桥被调到三号桥供销社继续搞社教。这中间发生了一件事，不得不求助于樊怡怡。

三号桥的位置在杨家桥和公社所在地绿杨桥之间，周围有许多工厂，还有一个技工学校。工厂和学校都在马路的东面，供销社位于路西大门朝东。三号桥供销社有三大间门面房，后院是仓库。紧挨着供销社门面房和仓库是一家饭店，该饭店是国营的，它的社教也归我管。我在这里搞社教，他们就得给我安排住的地方。供销社给我安排住的地方，是北边货架背后的一张小木床。

　　三号桥供销社有十来号人，其中有五六位年轻女性，未婚者三人，内有一女叫姚文秀，上海市真如镇人，年方十九，面如桃花，肤如凝脂。我在三号桥供销社工作了一段时间，我突然发现姚文秀对我表现出了少女的冲动与激情。她要求值班，值夜班，以便与我交谈。开始，她值夜班时会来到我的床边与我闲谈，然后各自回去睡觉。后来，我发现我的床铺与她值班的床铺都在三间门面房内，仅隔着几个柜台。这是非常危险的局面，我还不能伤了姚文秀的自尊心。她没有错，但我要让她明白我是心有所属的。

　　我给樊怡怡打一个电话，请她来三号桥做客。当樊怡怡如约来到三号桥，我请樊怡怡在三号桥饭店吃了个便饭，供销社和饭店的人包括姚文秀都看到了我的"女朋友"。危机解除！

　　1966年"文化大革命"开始不久，各地的社教运动就草草收兵，同学们回到学校后也不上课。我和我们大班的八个同学组成了一个"红军长征队"，其中有孙景炎、王志淳等人。当我们八人整装出发离开华纺大门时，樊怡怡在大门口给我送行，当她伸手握住我的手的一刹那，一股电流把两人连接在了一起，像有一根月老的红绳把两人紧紧缠绕在一起。从此，我感到自己有了归宿，她有了依靠。

　　我们八个人的"长征队伍"，坐火车到南昌，从南昌坐汽车到龙岗，从龙岗徒步走进了井冈山。当我们八个人从井冈山上下来，到分宜县就因意见不统一而各奔前程了。我孤身一人，为饱览祖国大好河山，一路南下到广州，后经梧州、阳朔、桂林，返回上海。这时的华纺，师生员工们都无所事事，男生吸烟喝酒，女生描画绣花打毛衣，也不知道前途如何，也不知道何时能毕业，基本上都处于醉生梦死的状态。

1967年1月初，樊怡怡的三弟樊绍文去北京，回来路过上海，到上海后来华纺和我相见。绍文动员我去温州过年，此时樊怡怡已回温州，我急于见到樊怡怡，也想看看樊怡怡的家人，就答应了绍文的要求。

我和绍文坐工农兵19号海轮，在十六铺码头上船，24小时后，轮船靠温州朔门码头。在船上，我居高临下看到樊怡怡和她父母都在欢迎之列。

温州，简称"瓯"，位于浙江省东南部，瓯江的下游南岸。温州是国家历史文化名城，素有"东南山水甲天下"之美誉，温州话是中国最难懂的方言之一，温州人被称为中国的犹太人。

当绍文带我走下船，怡怡和她的父母就走过来热情地欢迎我的到来。回到位于百里西路的"樊宅"时，我看到樊宅是一个三进院落的深深大宅院。怡怡一家住在第一进。中堂两侧有屋，甚大，后有厢房相连，中堂前面是一个大院子，种有花草两丛。东屋上层还有前后各一间房可以住人。每来温州我会被安排在楼上居住。

怡怡上有父母，还有一个奶奶。她有一哥、两姐、三个弟弟，共兄弟姊妹七人。在他们家我被看作"娇客"，准"东床快婿"受到尊重和关爱。当时怡怡的大姐夫一家还住在樊宅西屋，每顿饭都是坐一大桌子人，有怡怡父母，大姐夫一家四口，还有二弟绍声，三弟绍文，四弟绍民及怡怡和我。当时二姐和二姐夫在杭二棉工作，大哥和大嫂在河南镇平地质队工作。当我在场时大家都说普通话，因为温州话我是一句也听不懂的。早餐除外，每餐必为我烧一盆好吃的海鲜面条，以照顾我这个北方人，温州人家一般不吃河鲜，只吃海鲜，嫌河鲜有土腥味。那时，东海大黄鱼、带鱼、墨鱼、凤尾鱼及各种海贝类是家常便饭，几乎顿顿都有。每晚睡前岳母都会用暖水杯给我泡上莲子、桂园等食物供我食用。此一关爱直到她90多岁时，仍旧如此。

在温州过完年，我们仍旧乘坐工农兵19号海轮回到上海。怡怡和我从温州返校后，发现同学们仍旧无所事事，还在进行"两条路线斗争"，即打毛线、绣花线。

在1967年5月，怡怡大哥的女儿绮霞到了该上学的年龄，家人派怡怡到河南镇平接绮霞回温州，怡怡告诉我说："想趁此机会到密县老家看看。"我说："可以，但你要有思想准备，不要嫌他们脏。"我为什么不陪怡怡回密县呢？因为钱少怕花路费。

怡怡来到密县家中，看到了三孔黑乎乎的破窑洞，看到衣衫不整的弟弟妹妹，看到了全家人只用一条毛巾、一个破铜脸盆洗脸，体会了住在土窑洞中被跳蚤咬得遍体起疱的感受，也看到了农家厕所苍蝇横飞、蛆虫满地的景象……农村和城市的差距在当时是巨大的，怡怡都接受了，没有丝毫的不安与厌恶。还把自己的衣服送给妹妹，并在照相馆和全家人一起照相留念。当怡怡把照片和绮霞一起带回上海，我看到照片时，真的是感动万分。

怡怡把绮霞送回温州，暂时没有回校。1967年8月，温州到处武斗升级。

上海和温州交通断绝，电话、电报、书信皆不通，我心急如焚，记得杜甫诗"烽火连三月，家书抵万金"。我当时的心情真是沮丧极了，天天跑静安寺边上的电话局，没有一次能打通温州的电话。

终于在9月的一天，听说到温州的轮船通了。我立即设法买了一张五等舱的船票，每张五元五角，领了一条草席铺在大统舱里，好在是9月，天气热，躺在大统舱的地板上感到很幸福，因为马上可以见到亲人了。轮船终于进港靠岸，我急忙赶到家中，看到全家安全无恙，悬着的心才放了下来。

这次温州之行，我没有多停，及时购买了回上海的船票，和怡怡回到学校。学校里，许多人还是在继续进行"两条路线斗争"。大家都感到前途茫茫，连那些最积极的人士也颓废起来。

1968年5月，怡怡她们66届的同学们终于要分配了，分配方案是老方案，许多人都被分配在上海等大中城市，怡怡和她的几位同班同学被分配在温州。这是非常理想的方案，相信大多数66届的同学都是满意的。66届学生分配完毕，大家就各奔前程，怡怡就回到了温州，在离家很近的温州棉织厂上班，当

1968年，我在华纺校园

了个织布机挡车工，三班倒。

66届分配后，我回密县一趟，开了个结婚证明，父亲花十块钱给我买了三丈布票，并给我准备了五斤棉花、两块床单。回到上海，67届的毕业分配方案也出来了，是革命化的方案，要求毕业生"四个面向"，即面向基层、面向农村、面向厂矿、面向边疆。在我们大班的毕业分配方案里，有一个地方是大家不愿去，而我愿意去的地方：纺织部部属三门峡市国营会兴棉纺织厂。我为什么愿意去会兴棉纺织厂呢？因为会兴厂是纺织部部属厂，是新机样板厂。我给负责分配的工宣队领导一说，他说："没问题，就分配你去三门峡。"我对他说："不会有啥变化吧？"他说："不会。"我说："我要去温州结婚了。"他说："你只管去结婚，分配三门峡不会有变化。"

我写信给在温州的怡怡，告诉她："我被分配在三门峡，为了每年有一次探亲假，我要到温州去和你结婚，你看要我准备点啥？"她告诉我："别的不用买，买两斤糖。"我忘记问她买什么糖，就自己决定买了两斤白砂糖，带到温州去结婚。当时没有理解她说的话，是要我买几斤结婚喜糖，结果闹出笑话。

我买了两斤白砂糖带到温州结婚，怡怡和家中人都没有说什么。到温州后的第三天，我和怡怡带上我从密县开来的证明信，去领结婚证，花了四角钱。晚

我与樊怡怡（1985 年摄于三门峡市）

上，父母精心准备了一桌晚宴，一家人在一块儿吃了一顿饭，这就是当时我和怡怡的婚宴。

婚后不久，1968 年 9 月末，我离开温州奔赴三门峡会兴棉纺织厂工作，第二年即 1969 年 5 月 22 日儿子出生。温州成为我心中日夜的牵挂，那个烧辫梢的美丽女孩，那个位于东南方温州棉织厂的挡车女工会在梦中向我走来。

半个多世纪前，那个烧辫梢的女孩是谁？是我的好妻子，我儿子的好妈妈，我孙子的好奶奶。她是我今生唯一的最爱，是我须臾不可分离的另一半，是我的一切。如果没有她这盆肥沃的泥土，我的生命之树就不会如此繁华多姿。感谢上苍，我真的是"好妻命"。

十六 选择

我应该是 1967 年毕业，但由于"文化大革命"，1968 年才被分配到纺织部部属新机样板厂国营会兴棉纺织厂工作。该厂位于三门峡市，当时的三门峡仅是一座县级市，它是伴随着万里黄河第一坝——三门峡大坝的兴建而崛起的一座新兴城市，也是沿黄城市中距黄河最近的一座城市。相传大禹治水时，凿龙门，开砥柱，在黄河中这一段形成了"人门""鬼门""神门"三道峡谷，而得名"三门峡"。三门峡市当时建在原陕州城东原上，陕州城怕被黄河淹掉而废弃。城墙尚在，城中宝轮寺塔完好，其余城市建筑成一片瓦砾。

三门峡有"黄河明珠，文化圣地"的美誉。"四面环山三面水，半城烟树半城田"的三门峡，古陕州，名人题咏很多。如唐明皇李隆基《途次陕州》："境出三秦外，途分二陕中。山川入虞虢，风俗限西东。树古棠阴在，耕余让畔空。鸣笳从此去，行见洛阳宫。"唐骆宾王《至分峡》："陕西开胜壤，召南分沃畴。列树巢维鹊，平诸下睢鸠。憩棠疑勿剪，曳葛似攀樛。至今王化美，非独在隆周。"宋司马光《陕城桃李零落尽硖石山中今方盛开马上口占》：“西望飞花千树暗，东来芳蕊一番新。行人不惜泥涂倦，喜见年光两处春。”近现代大作家老舍在《剑北篇·豫西行》中也写到老陕州：

在陕州，当我们正从车站走向城里。

听着涧河桥边石水相激，

远望着山城的衰残的美丽，

那黄的山坡，绿的田地，

恐怕还流着斑斑的血迹；

当中条山的血浪杀声向大河波递，

这静静的古城曾看见侵略者的魔旗，

也看见，呕，谁能不牢牢紧记。

……

三门峡有很深的文化底蕴：它是人类远祖“上河曙猿”的发掘地，仰韶文化的发现地，黄帝铸鼎地，老子《道德经》著作地，达摩祖师圆寂地，和象征中华民族精神的中流砥柱所在地，也是禹开三门、夸父逐日、女娲补天、紫气东来、秦赵会盟、假途灭国等上百个神话传说和历史典故的所在地。历史文化之厚重在沿黄城市中罕见其匹。我能在这样的城市中工作生活二十年应该算是人生之幸吧！

下面，再介绍一下国营会兴棉纺织厂，该厂为什么会建在三门峡呢？

1965 年 5 月 28 日，河南省计划委员会以（65）计工字第 423 号文，报请国家计委审批新建宝丰棉纺织印染新技术样板厂设计任务书。

7 月 30 日，国家计委以（65）计轻字 651 号文，委托纺织部，对河南宝丰棉纺织印染新技术样板厂等四个建设项目设计任务书进行审批。

8 月 9 日，纺织部以（65）纺计字第 3691 号文同意在河南建设棉纺织印染新技术样板厂。文件指出：这个厂是国家技术革命重点项目之一，是纺织部直属单位；建设规模：纱锭规模 5 万枚，布机 1000 台及印染 0.8 亿米，生产品种以中支纱为主；设备全部采用纺织部最新定型制造的设备；建设地点暂定河南省宝丰县；建设进度：自 1966 年开始建设，纺织部分两年建成，设计工作由纺织部设计院承担，委托河南纺织工业局负责筹建。

后来，纺织部派工作组分赴河南省宝丰县和三门峡市作选址调查。

1965 年 11 月 8 日，纺织部以（65）纺计字第 3951 号急件通知河南省纺织工业局：部直属棉纺织新技术样板厂，厂址原定在河南宝丰，因宝丰缺水，供水条件较差。经部研究，决定改移到三门峡市进行建设，厂名改为"河南会兴棉纺织厂"，要求筹建处工作迁至三门峡市抓紧进行。

1966年1月3日，纺织部以（66）纺建工字第6051号文急件对部设计院提出的《国营会兴棉纺织厂印染厂扩大初步设计》补批，正式明确厂名为"国营会兴棉纺织厂"（以下简称"会纺"）。

同年1月5日，会纺主厂房破土动工。工程建设由纺织工业部建筑安装工程公司承建，100天厂房结顶。

10月4日，会纺转入边土建边进行安装，主机由河南省纺织机器安装队负责安装。

1968年1月11日，经纺织部研究决定：将国营会兴棉纺织厂下放归河南省纺织工业局领导。

同年4月25日，第一条龙正式投产，揭开了会纺生产的序幕。

10月15日，第一条龙生产线开出三大班，24小时连续生产。

我是在这年的9月进入会纺参加工作的。我进厂后，工厂把我分到布机车间常日班检修组跟着老师傅学习布机的检修，特别是要了解织布机的结构、零件如何组装，更换损坏的零部件。

在常日班检修组还有一位我的学姐于洪智，她是山东人，华纺研究生毕业，几乎是和我同一时间进厂。和我们一同进厂的大学生有二三十人，中专生人数更多。大学生多数来自华纺，还有来自西北纺院、天津纺院、清华大学、湖南大学、开封师范、郑州大学等高校。中专生则主要来自河南纺专。这些大中专生都被厂里当工人使用，没有坐科室的，都被安排进车间生产一线。

我在布机车间检修组干了不到三个月被抽调到厂供销科随一位陈师傅搞采购。这位陈师傅家庭成分不好，做事十分小心。我们两个人出差在外，白天跑东跑西，晚上回到宾馆休息，到外地出差购买机器配件有时是我一个人，有时是我们两个人，我俩配合很好，领导满意，供销科领导就想把我留下来。这时，我想，虽然供销科的工作比较轻松，到外面吃香的，喝辣的，这是厂里多少人求之不得的"好工作"。但是，干这种工作，三十年以后呢？难道三十年以后我要成为一个油嘴滑舌，手不能提、肩不能挑，小事不能干、大事干不了，身无一技之长，只会抽烟喝酒的废人吗？供销科的工作我只干了不到半年就向厂里提出我要到基层去，要到最苦最累的布机车间运转班去当修机工，去当师傅，掌握一门纺织厂的技能。

我被分配到布机车间运转甲班一组当修机工兼一组组长达五年之久。其间，我没请过一天病假，没请过一天事假，年年全勤，年年被全轮班评为厂级先进个人。自我到布机运转甲班当修机工开始，人们对我的称呼就是"李师傅"。我这个"李师傅"的称呼被会兴厂的男女老少叫了十五年，我很喜欢这个称呼。在纺织厂，女工被称呼为某某"老师"，男工被称呼为某某"师傅"。

在纺织厂，布机运转班的工作环境和工作强度是最差的、最大的。布机车间1000多台织机形成的噪音高达115分贝，平常人在布机车间待上半个小时就会觉得头昏耳鸣。在布机车间工作的人，说话的声音特别大，不然对方听不清你说的话，久之形成习惯，凡与人说话，都像吵架，声音特别高。在布机车间运转班有好多工种：扫地、加油、揩车、上轴、修机、挡车、帮接、摆梭等，其中以挡车工最苦。挡车工一个班八小时，跑巡回得走二三十里路，其间还要处理经纬纱的断头，处理坏布等，没有片刻可以空闲，连上厕所都得找人替，跑去跑回。女工在轮班有病，体温只要不超过38度也不准请假。纺织女工下夜班一个个都像霜打了的茄子一样，疲惫不堪，十七八岁的纺织女工下班时全都面无血色。那时流行一句话，叫"轻工不轻"。

在纺织厂布机车间运转班工作，哪个不苦？都苦，以挡车工为最。当时，布机车间分成常日班和三个运转班。常日班主要有保全工、保养工、修梭工、车间主任、书记、统计员、常日班工长等。三个运转班分甲、乙、丙二十四小时三班倒，夜班是晚上十二点到第二天早上八点，但是要提前一个小时到厂，先进行半个小时的"天天读"，后进车间进行接班准备工作。夜班当中最难熬的时间是凌晨三点左右，由于生物钟，到夜间三点左右两眼睁不开，昏昏欲睡，不能自制。但是，此时，不管是谁都不准打瞌睡，一是纪律约束，二是机台要求。不管什么工种都要努力克服"打瞌睡"，好好工作，不能让织布机停车。这时运转工长、支部书记都会从办公室出来到处巡查，以防有人偷跑出去睡觉，或者坐在厕所抽烟。

在布机车间甲班五年当中，我是最优秀的修机工，当有修机工请我帮助解决难题，手到病除，获得大家的赞扬，我是很享受这种快乐的。上运转班我也觉得苦，但身苦与心苦比起来，心更苦。在20世纪六七十年代，我们这批大学生都被称为"臭老九"，属于教育改造的对象。虽然此时我已是工人阶级中的一员了，但在他们看来我还是"臭老九"，是时时刻刻要改造的对象，不能乱说，不能乱动，稍有不慎，就会被他们打成坏分子。

有一天上夜班时，我趁着灯光看一封来自上海华纺的信。信是华纺教师金若鹏写给我的，在信中他告诉我，他收到了我寄给他的《红楼梦》。

"《红楼梦》能看吗?"在我旁边有一女工看到我手中信纸上写有"红楼梦"三个字，惊奇地马上问我。我回答："《红楼梦》可以看。"第二天上早班，下午四点下班后，轮班支书召开全轮班大会，有两百多人参加。在这次大会上，轮班书记说："我们班上有阶级敌人，在和我们争夺青年一代。我们说《红楼梦》是黄色小说，而他却说《红楼梦》可以看。"他接着还说："我说话没人听，我们支书说话没人听，而有人放个屁都是香的，跟着跑，屁颠屁颠的。"我在下面听着他指桑骂槐，含沙射影，感到气愤，但是理智告诉我：不能与他闹僵，但应该给他一点教训。

散会以后，我马上找到支书，并且告诉他："《红楼梦》可以看，《红楼梦》不是黄色小说，《红楼梦》是一本好书，不看《红楼梦》就不知道封建社会……这些话都是有根据的，你要不要证据，你要证据，我马上拿给你看。"他听完我这些不软不硬的话，连忙改口说："老李，你不要多心，我今天说的话，不是针对你的。"

布机车间运转甲班的工长、支书都是从郑州国棉四厂、一厂调到会纺的老工人。说老，其实他们的年龄都只比我大十几岁。当时，在布机车间工作的大学生有五六个，他们都上常日班，有管仓库的，有搞技改的，有管操作的，只有我在甲班当修机工。我是当时会纺唯一在运转班当修机工的大学生，在工厂里已经是最底层了。但是，还不见容于两个老工人工长和书记。他们抓不到我什么毛病，抓不到我什么不当言行。我是新进厂的大学生，贫农成分，我周围是还没有结婚的少男少女们。他们都天真无邪，愿意和我说话，愿意亲近我。这就使这两位轮班领导很不愉快。说实话，在布机甲班这五年，我是天天、月月、年年战战兢兢，如履薄冰的。

1972年年初，樊怡怡带着刚两岁的儿子调到会纺。5号楼的一间房子是抢来的，后来被厂里默认。樊怡怡是我的福星，是我的保护神，每当她把背心或雨伞什么东西，通过我们车间的大走廊翩翩走到我的工具箱前，放到工具箱上时，全车间的人都会看到李师傅是有老婆的，也是大学生，还是温州人。全车间、全轮班的男男女女都安心了，放心了。

樊怡怡调到会纺先是在纺部试验室，后是在细纱车间上运转班，我们都上运转班。厂里没有托儿所，儿子曾有两次在我们交接班的时候从家里跑出来，深更半夜被隔壁邻居抱回家中。我们曾找过车间和厂里，想要从两个人中抽一个人上常日班，车间说不能办，厂里说办不了，只有自己克服了。

我于1973年调出布机甲班到布机丙班任工长，五年的煎熬总算结束了。在丙班任工长的日子比在甲班当修机工的日子不知要好过多少倍，毕竟再也不用担心有人整日琢磨你了。

1976年，会纺子弟学校高中部缺物理课教师，厂领导号召大学生们去学校当教师，号召了很久，没有人愿意去，于是我挺身而出表示愿意去。但是，我提出的条件是干两年，两年后再回厂里。领导答应了我的条件，从此我离开了干了8年的运转班。

从1976年到1978年，我在子弟学校教了两年高中物理，培养了几个大学生，于1978年9月回到布机车间任设备技术员，上常日班。这时，樊怡怡也已从细纱车间调到厂质量监督科任统计员。

1979年春节前，厂领导在厂中间会议室召开了全厂知识分子参加的春节座谈会。会前厂领导宣布了大会纪律，要求与会同志解放思想，开动机器，实事求是讲真话，讲实话，保证不抓辫子，不打棍子，不装袋子。也就是保证不整人，不秋后算账。

参加这次会议的人数大概有四十余人，加上厂里各位厂领导和组织人事部门负责人不到五十人。

厂领导动员后，大家依次发言，内容大同小异，都是讲为了党，为了国家，为了七亿中国人民，为了世界四十亿人民，要一不怕苦，二不怕死，革命战士是块砖，哪里需要哪里搬，为实现共产主义目标，不惜牺牲自己的一切，等等，豪言壮语，掷地有声。说者振振有词，气壮山河，听者摇头晃脑，点头称是。所以会议进行得很顺利。

依次，很快该轮到我表态了。这时我心里在想：今天领导不是要求大家讲真话吗？那我就讲点真话，再次想验证一下领导的"三不"政策是否靠得住，即"不打棍子，不抓辫子，不装袋子"是真的吗？朗朗乾坤，在祖国的空气中"假大空"的雾霾无处不在，人心叵测，在960万平方公里的土地上"真善美"难觅踪迹。在中国河南三门峡市会兴棉纺厂的小会议室里，难道我不可以擦出一道小火花吗？我要讲一点真话，讲一点有价值，有社会意义的真话，以证明小小会纺是有男子汉的。

我讲话了，我讲话的时间比别人都要长，约四十分钟。我讲了两点。第一点是中华民族要富强，中国人民要富裕，要靠发展生产力，靠四个现代化，不能一味地搞阶级斗争。

第二点是如果同志们问我当先进是为了什么，我的回答是，第一是为了"名"，光荣榜上有名；第二是为了"利"，为了多拿点奖金，这叫马克思主义的物质利益原则。

在四十分钟时间里，我围绕上述论点进行了扼要的论述，我想我的讲话要有高度，有深度，要站在民族、国家的角度去思考问题、提出问题。只要我讲的是真话，是实话，是符合马列主义基本原理的，我就没有什么可以害怕和畏惧的。我四十分钟的讲话喷涌而出，震惊四座，会议室里从我讲话开始到结束，没有一点声响，在静默中只有樊怡怡细碎的埋怨声，我讲话完毕后，领导说："今天这会就这样吧。"这中间是没有一个人讲话的。对我的讲话，没有人说"是"，也没有人说"非"。包括厂领导在内，始终都没人进行评论。这事好像就这样平安地过去了。

1982 年年初，我被厂领导提拔为布机车间主任。

1982 年秋，一个阳光明媚的早晨，我正在车间工作。一个厂组干科的干事来通知我，到三门峡市交际处六号楼有人找我谈话。三门峡交际处是当时三门峡最好的宾馆，苏联专家和国家领导人等到三门峡都住该宾馆。宾馆内花木扶疏，三层小楼错落其间，显得幽静美好。我来到六号楼，在一楼的一个房间里看到一男一女两位领导，男的称夏处长，女的称梁处长，年龄都五十岁开外。夏处长体型魁梧健壮，梁处长瘦小单薄，但慈眉善目。他们先请我坐在对面的沙发上，并给我倒了一杯茶水，告诉我他们是省纺织厅人事处的，想问我几个问题。我说："请你们问吧。"

夏、梁两处长首先问了我的基本情况，如家庭、工作经历等。接着夏处长给我出了两道题目要我回答。这两道题目是：你对目前的形势怎么看？如果让你当厂长，你怎么做？

1982 年的时候，"文化大革命"才结束不久，百废待兴，政治上要拨乱反正，经济上要改革开放，思想上要实事求是，实践是检验真理的唯一标准。当时党中央所提出的所有方针政策，都是符合马克思主义的，是人心所向，是大势所趋，更是我所长期向往的。我看到了祖国的光明前途，也看到了自己的美好未来。祖国的发展和我共命运，长期以来我所思、所想、所追求、所梦想的都与中央的方针政策相契合，令我欣喜，令我鼓舞，我仿佛看到了祖国的强盛，人民的富裕。党中央选择的是一条正确的道路，和我的理想追求是天衣无缝、完全合拍的。我滔滔不绝、一泻千里把胸中之气抒发得酣畅淋漓。用两个小时回答完夏处长和梁处长的提问后，我用唐朝刘禹锡《酬乐天扬州初逢席上见赠》诗中的"沉舟侧畔千帆过，病树前头万木春"，结束了我兴高采烈的演说。

他们两人听得入迷，不断拍手称赞，当他们送我出门时，我也不知道他们的来意，我只是把他们两人当作我思想倾诉的对象，他们愿意听，我就愿意说，没有任何其他功利的目的。以后，我没有想到这是一次改变我命运的谈话。他们是我的伯乐，是我的贵人。由于他们的力荐，我上了一个台阶，改变了我人生的走向，从而使我有了更大的平台和上升空间。

1980年1月22日，经河南省人民政府豫政（80）2号文件批准，国营会兴棉纺织厂由洛阳地区领导收归省纺织工业局领导。

1983年6月6日，河南省纺织工业厅予纺党组字（83）50号文件《关于会兴棉纺织厂领导班子配备的通知》：陈新辉任党委书记，李玉祥主持厂行政工作，李书勤、李明驯、段武、王长贵任副厂长。

1984年5月30日，河南省纺织工业厅予纺党组字（84）48号文件通知，经厅党组研究决定，李书勤任会兴棉纺织厂厂长，李明驯任副厂长兼总工程师，陆素兰任副厂长，于根彦任党委副书记，李玉祥任会兴棉纺织厂顾问、免去其原任职务。从此我走上了领导岗位，开启了我人生的新征程。

十七　清清白白常金生

常金生，河南林县人，出生于林虑山下的农家小院。

1961 年，他考入开封师范学院（现河南大学）历史系，主修中国通史和世界通史。

在校期间，他品学兼优，又红又专，深得老师和同学的好评。1965 年毕业时，根据中央文件，河南省委组织部和省高教部要求在应届毕业大学生中选拔又红又专、根正苗红的青年学生数十人作为县级领导班子的接班人进行培养。

于是，他们这一批人被分配到省委组织部，住在省委党校。然后，每七八个人为一组，由各县选调上来的县委书记，分别带领一组到各地开展"四清"运动。在一位赵姓县委书记的带领下，常金生和其他人先后到辉县和封丘县应举人民公社开展"四清"运动。

封丘有名，是因为地处黄河故道，地瘠民贫，而应举有名，是因为 1958 年 6 月的《红旗》杂志期刊上发表过《介绍一个合作社》一文，文中高度赞扬应举人民"穷则思变"的革命精神，在一穷二白的大地上写出了"最新最美的文字，画出了最美的画图"。从此，应举成为全国农业战线上的一面红旗。

常金生在封丘县搞了一年多"四清"运动，自己一个人包一个生产队，独立开展工作。接下来，"文化大革命"开始了。他们这一批人就撤回到省委组织部等待重新分配。到 1966 年年底，他们这批人中的大多数都要求分配到市县去，原因是年龄大了，想解决个人婚姻问题。常金生年龄小，不着急，慢慢熬。到了 1967 年 4 月人都走完了，这时省纺织厅要人，他就被分配到新厂——三门峡国营会兴棉纺织厂，当了厂工会干部。之后，他曾带着工人到郑州几个纺织厂进行培训。

1967 年，常金生进厂时，工厂还在筹建中，纺织设备正在进行安装，男女工人正在陆陆续续进厂。

1968 年 9 月 20 日左右，我从上海华东纺织工学院毕业到会兴厂报到。

到会兴厂报到的第一天，在厂领导的办公室里见到的两个领导是吴主任和丁主任。他们都 50 岁开外，都有着花白头发和领导干部的风度，他们是我在会兴厂认识的最早的人。

他们都是老革命，丁主任后来调走了，他的身世不甚了解，也就不说了。吴主任是高级干部，1939 年到延安参加革命，在延安被服厂工作，是个"老八

146

路"。据说他于 1962 年到上海华东纺院进修过两年，也算是懂纺织的专业人士。

我是怎么认识常金生，常金生是怎么认识我的？在我的记忆中已经模糊不清。在工厂里我是织布车间运转甲班的一个修机工，常金生是一个在工厂办公室上班的干部。那个时候，会兴厂是部属新机样板厂，从华东纺院、天津纺院、西北纺院、郑州大学、河南纺专等院校分配来许多毕业生，可谓人才济济。

在这些人中，我唯独与常金生有缘。在我的记忆里，那时的常金生还像一个大学生，文质彬彬，精明干练，能言善辩，思路清晰而又不失豪迈仗义之气。我知道他是开封师院历史系毕业的。他到会兴的时间比我早一年多，是厂里的干部、主要领导的笔杆子。在接触和言谈间，我感到他对我是尊重的，没有骄矜之气，和他接触说话没感到有压力，很随和贴心。

有一件小事，使我和他之间的关系得到升华，并且在不经意间改变了我们各自的人生走向。

1969 年 4 月，在我儿子出生前，我想给在温州待产的妻子樊怡怡寄点钱，想凑个整数，就差 10 元。向谁借好呢？我第一个想到的是我的运转工长、支部书记王师傅。为什么第一个想到他呢？原因有三：第一，他工资高，是八级工，工资每月有 80 多元，比我的工资多一倍；第二，我是他的手下工人，不会赖账；第三，他是郑州国棉一厂支援过来的老工人，是地地道道的工人阶级。工人阶级是大公无私的，最有远见。我找最值得信任的工人阶级的代表借 10 元钱，应该是我的最佳选择。然而，让我没想到的是，我开口了，他婉言拒绝。后来，又张过几次嘴，无果。我没有难过，我是会兴厂的新人，别人还不了解我，虽然自己安慰自己，毕竟心里不痛快。

有一天中午，在厂东区食堂买饭时眼前一亮，那不是常金生吗！我不假思索地走上前去，直言相告："老常，想向你借 10 元钱！"常金生掏出 10 元钱递给我说："够吗？"我说："够了。"一句"够吗？"一句轻的不能再轻的话，就把常金生这个名字刻在了我的心上。

48 年过去了，我和老常因为不在一个系统工作，各忙各的，来往很少，30 多年未曾谋面。

2017 年 3 月，我通过多方打听，得到了老常的手机号。当我拨通手机后，一声"喂！"对方，即老常马上就回答说："李厅长好！"如果我不常驻老常心里，这一声"喂"，他能听出是我吗？在通话中，我提及往事，提到 10 元钱，他坚决否认，说绝无此事，以后免提。这桩小事，对他来说小得不能再小了，他已忘记，应该在情理之中。在他这一生中，做得比这大得多的善事应该数不胜数。"上德不德""善行无辙迹"，应该说老常就是这样的人吧！

1968 年年底，我自己要求到最艰苦的生产一线——织布车间甲班当一名普通的修机工。每天三班倒，上夜班难熬不说，织布车间 1000 多台织布机轰隆的噪音不说，虽然到了工厂里的最底层，我已经被工友称为李师傅了，但我这个戴着"臭老九"帽子的产业工人仍被领导看作"异类"，信任不得，时不时拿着"阶级斗争"的紧箍咒在我面前念上几遍，"使人不得开心颜"。我在织布车间运转工段干了八年，工人身上有多少棉花毛，我身上也有多少棉花毛；工人身上有多少油泥，我身上也有多少油泥。人生有几个八年哪！

常金生原来是领导的笔杆子，深得领导器重，厂领导的讲话和重要文件几乎都出自老常的手笔。他上白天班，工厂叫常日班，坐办公室的，并不常见面。1971 年年初，不知出于什么原因，老常被下放到修机车间白铁房当了一名白铁工。老常在白铁房的师傅叫"张白铁"，是东北支援过来的老工人，真名不知道叫啥，和我做过隔壁邻居，这个人人好，技术也好，对老常悉心传授。老常在白铁房干了五年，干得很欢，手上有了技术，也有了老茧，天天乐呵呵的，心满意足的样子。

有一次，我们在白铁房闲聊，他得意地告诉我说："以后不怕天掉下来，凭我这手艺在街上开个白铁铺，敲打几下，就能养活一家人。"1975年以后，在白铁房看不到老常了，不知道他去了哪里，我时不时会想到他。

岁月匆匆，转眼到了1985年。有一天上午，厂办公室主任来到我的办公室告诉我："有人求见。"我问是谁？回答说是常金生。我告诉厂办主任："请他进来！"这时，我已经在会兴厂厂长的位子上干了两年，在会兴厂这一亩三分地上我已经是一个说话可以算数的人了。

老常来到我的办公室，我起身迎接，握手，倒茶寒暄后，老常告诉我说："有一事相求！"

我说："你尽管说！"

接下来，老常细说了他离开会兴厂的原因和近况。

1968年9月，吴主任和丁主任分别成为会兴厂的一、二把手，他们两个都很器重常金生，常金生是他们的笔杆子。

常金生说："平时我和几个厂领导相处得都很好。吴主任对文件和讲话的要求是全面、细致、冗长；丁主任的要求是简明扼要，说明问题。俩人风格不一样，我一般都能做到。"

可是，天有不测风云。"有一次，吴主任要我写

150

一篇会兴厂开展'反浪费活动'的经验材料，对材料的要求是具有'纲领性、指导性'的。"

常金生对吴主任说："我们厂开展反浪费活动还不到一个月，总结经验，指导全面，是不是有点早。我恐怕写不出来。"吴主任就递给常金生一份中央文件，说"就按照这样的形式写"。

没有办法，常金生只得硬着头皮，绞尽脑汁，写了三遍。第一遍，吴主任不满意；第二遍，吴主任还是不满意；第三遍，吴主任仍旧不满意。

常金生是个一是一、二是二，性格爽直的人。

这时，常金生说："吴主任，我实在写不出像中央文件那样具有纲领性、指导性的东西，不行的话你还是另请高明吧!"

说完这些话，常金生立马就后悔了，怨自己年轻气盛，得罪了领导。可是，说出去的话泼出去的水，覆水难收。吴主任当时倒没说什么责难批评的话，可是没过多久，常金生就被下放到修机车间当了一名白铁工，去接受工人阶级再教育，这一干就是五年。

1975 年，三门峡市公安系统要开展社会治安综合治理活动，要从企业抽人帮忙，常金生就从会兴厂被抽调到市公安局。由于常金生工作出色，受到领导的青睐，局长一定要把他留下来。公安局就通过市委组织部，正式把常金生从会兴厂调到三门峡市公安局。老常在市公安局工作了四年，感到自己的性格不适合干公安工作，就想回到母校教书，当个教授。当时的开封师范学院领导和老师也欢迎他回去，并给三门峡有关部门发了商调函。

老常去找市政法委书记，说自己想"动一动"。书记说："你可以动一动，你去当律师吧！三门峡市只有你符合条件。"虽然老常再三说自己不是学法律的，但在那个时代，组织决定是必须服从的。好在常金生从事律师工作之初，国家立法工作才刚刚起步，通过他的刻苦钻研，终于胜任了律师工作，并成为在黄河金三角地区有影响力的律师。

学校回不去了，教授当不成了。从1980年开始，常金生就成为三门峡市第一位从事律师工作的人，而现在三门峡的律师队伍有近300人。若干年以后，谈及此事，常金生心平如镜，他说："我是做律师的，与官场的提拔重用没有任何关系。但是做人必须清白，只要一身清白，其他都是过眼烟云。"

不管是在三门峡市公安局，还是在三门峡市司法局，常金生的人品和能力，都得到了领导和同事的肯定，可就是得不到提拔重用，为什么呢？

因为，常金生的档案里有一张纸，这张纸是会兴厂出具的，上面写着"常金生在'文化大革命'中是造反派，参加过打砸抢，是'三种人'，假党员"。并且，盖有"国营会兴棉纺织厂党委会"的公章。这张纸就像《西游记》里孙悟空被如来佛祖压在五指山下，山上贴了"唵嘛呢叭咪吽"六字"真言"，"真言"不去，是没有出头之日的。

回过头来，再说常金生在 1985 年到厂里找我的事。我听了老常的叙述，缓缓地对他说："老常，你曾经是我们会兴厂的一名职工，我作为厂长，不仅要对现在的职工负责，也要对曾经在我们厂工作过的职工负责，尤其是事关他们政治生命的问题。你反映的事，我会建议厂党委组织人员，本着实事求是的原则搞清楚，还你一个公道清白。"

后来，我建议召开厂党委会，提出了对常金生档案材料的甄别调查。有人劝我不要管这种政治上很敏感的事，我拒绝了，为什么呢？因为党的实事求是的原则，因为领导者应有的担当，因为做人应有的良心和道义。所有这一切归结为我要追求的两个字："真"和"善"。

经过数月调查，结论是：塞进常金生档案中的材料没有经过当时党委的讨论，没有开会讨论的记录。当时，所有的党委成员都不知道这件事，是胡主任叫办公室人员写的，私自盖上党委印章，是不算数的。更重要的是这个材料内容纯属不实之词，完全是子虚乌有。后来，以会兴厂党委的名义重新写了一个函给他所在的党组织，这为常金生正了名，还了他一个迟到的清白。尽管如此，还是让他失去了多次绝佳的进步机会。

2017年3月13日，我和妻子一起乘车沿着连霍高速公路到三门峡。我和常金生约好，3月14日上午8点，在一个大酒店富丽堂皇的大厅见面。

分别32年后见面的那一刻，真是高兴呀！他虽平添了许多白发，但依然精神矍铄，身体健康。我们寻找到大堂中一幽静之所，服务员送上茶水，舒服地坐在沙发里，对人生，对过往，探幽发微，心驰神往，此乐何极！我们放下一切，敞开心扉，心所想，口所说，无所顾忌，多少知心的话说也说不完。

其间我问常金生："不知道1985年我们厂给你开的平反证明有没有证明你的清白，起到作用了吗？"

他说："在那敏感时期，除了你，谁能帮我？一般人做不到，即便那份黑材料被否定了，但潜在的影响是难以消除的。"

接着，我问他后来怎么样？他说："自1980年开始，一直从事律师工作，最后编制落在市法律援助中心。"

常金生说："我从事法律工作近40年，当律师的感受是：找到了自己人生的最佳位置，我的性格不适合官场，做律师很自在，不看任何人的脸色，不受任何人的控制。但是守住自己的底线，最重要的是必须自觉严格遵守以事实为根据、以法律为准绳的办案原则；遵守律师的执业纪律和职业道德。案子合适，该办就办，能办就办，不高兴，就不办。这些年来，由于工作认真负责，敢于仗义执言，办过不少在全国有影响的大案要案，在三门峡司法界大家都说我人很正派，不搞歪门邪道。市领导、公检法各部门的人对我都很敬重，没有歧视我，大家给了我太多的荣誉如'十佳律师''先进工作者''省市级劳模'、三门峡市'九三学社'主任委员，曾经担任两届三门峡市政协常委，长期担任三门峡市律师协会主席。现在，每年还接十多个案子，回顾以往，感到很知足，很满意，没有什么遗憾。"

听完了常金生的叙述，我真的为他自豪，他历经坎坷，成为名震一方的大律师，干自己想干的事，帮了别人，快乐自己。所以他健康长寿，比我还年长，思维依然活跃清晰，快人快语，不像古稀老人。

时近中午，我们谈兴正浓，一个小伙子将一卷宗给了常金生，并请常大律师和我上楼吃饭，说已经安排好了。本来我和老常约好中午去喝虢国羊肉汤呢！图个方便，我们就上楼了，这里的午餐真不怎样，但这毕竟是那个小伙和老板的一点心意，盛情难却，何况常大律师正在帮助他们渡过难关哩。这次来三门峡没有别的任务，就是要见见老常，在手机通话中，老常不让我再提那十元钱的事，这次见面我就没提，口中不提，心中能忘吗？

分别时，两个老友互道珍重，我看着那远去的背影，那个曾经又红又专的开封师范学院历史系毕业生，那个曾经在会兴厂里为领导伏案疾书的笔杆子，那个满身油腻的白铁工，那个整日唯唯诺诺的小公务员，那个在庄严法庭上为被告人的权利口若悬河的大律师……他们是一个人吗？他是一个怎样的人？有这样一个人藏在心底，应是三生有幸吧！

佛曰"诸行无常"，青山遮不住，毕竟东流去！

漫漫锦绣路

十八　岳母张玉华

1991 年 6 月初，我偕怡怡参加上海纺机展，在展会上老同学曹振芳带来一位舟山纺机厂的领导和我见面，并邀请我到舟山纺机厂参观访问。我和怡怡接受了邀请，并于展会结束后和曹振芳一起到该厂参访。

观音菩萨道场就在普陀山，而普陀山离该厂很近。我们参观完纺机厂后，又参观了属于佛教四大名山的普陀山。当晚，我们一行就住在普陀山。

第二天，我向曹振芳提出，想回温州看看。曹振芳和纺机厂领导商量后决定送我们去温州。纺机厂派出一名干部和一名司机，陪我们沿着甬温公路一路向南。宁波到温州的公路正在修，道路不好走，从早晨走到傍晚才到乐清。我知道乐清县境内有一雁荡山以山水奇秀闻名，素有"海上名山，寰中绝胜"之誉，史称中国"东南第一山"。雁荡山，因山顶有湖，芦苇茂密，结草为荡，南归秋雁多宿于此，故名雁荡山。

于是，我们一行当晚就在雁荡山下一小镇住下，第二天一大早就开车来到雁荡山主峰——灵峰下面。灵峰又称合掌峰，或称夫妻峰，双峰对峙交叉，中有一缝，缝中上层有一观音殿，当我和樊怡怡从下面爬上九层高的观音殿时，已经气喘吁吁。石殿正中有一观音坐像，靠庙门左边有一僧人坐在桌子后面，桌子上面放有经书和挂签之物。由于我们上山时间早，殿中并无其他游人。此时怡怡问我可否拜佛求签。我说："可以。"于是，她在观音圣像前叩首许愿求签。她求得上上签两枚，一签是雁荡观音洞第二十四千上上："花正开时柳正绿，是中好景对花吟。休道佳期难得过，鸳鸯此处正逢春。"另一签是雁荡观音洞第十三千上上："喜事临门在目前，如今快乐是神仙。福厚不必求人助，运好何须靠祖田。"

怡怡把这两签给我看，并问我："可否让和尚师傅给解一下。"我说："可以。"怡怡就拿着这两个签呈递给和尚师傅。和尚看了签问怡怡："你问什么？"怡怡答："问父母身体。"和尚把签扔给怡怡，厉声说了句："不好！不好！"怡怡从地上拾起签，走过来给我说："我问父母身体，和尚说不好。"我马上说："我们不参观了，马上下山回家。"

我们下山乘车急忙奔向温州，不到两个小时就进了家门。此时家里只有妈妈一个人在干家务。她看见我们感到吃惊，她不知道我们要回来，我们没有事先去信通知她。怡怡忙问妈妈："爸爸去哪里了？"妈妈说："爸爸有事出门了。"那时，当我和怡怡看到妈妈身体还好的时候，一颗悬着的心才算放了下来。

由于妈妈不知道我们回来，所以当天中午就只能将就吃点煮面条了。快到吃饭的时候，四弟绍民有事路过回到家里看望妈妈并准备在这里吃午饭。怡怡帮妈妈把面条煮好，每人一碗。这时我坐在妈妈的右手，怡怡坐在妈妈的左手，绍民坐在妈妈的对面。我们四人围坐在一张小四方桌上，都拿起了筷子，怡怡和绍民夹起面条吃了起来。我虽然也拿着筷子，但我细心地观看着妈妈，看她也拿起筷子把面条夹起来。突然，妈妈手中的筷子掉了，并且她的头向我这边倒了下来。我急喊："怡怡，妈妈不行了，快！快！我去拿药。"这时怡怡和绍民很快转身扶住妈妈，我则快步去我的旅行袋里取出速效救心丸两粒塞到妈妈嘴里，再由我们三人手托妈妈的身体把她放到床上。我再次取了几颗速效救心丸放到妈妈嘴里，从妈妈失去知觉把筷子掉下，到平放床上，我先后两次向她嘴里放入不少速效救心丸，过了约十五分钟，妈妈慢慢地苏醒过来。此时，妈妈的裤子已经湿了，说明这期间妈妈已经尿失禁了。

晚上，爸爸和一家人包括大姐、大姐夫，二姐、二姐夫，绍声、秀华夫妇，绍文、菲菲夫妇，绍民、小薇夫妇，还有一些小字辈的人都来到八字桥老宅看望妈妈。当时，大家都说是我和怡怡千里奔波来救妈妈一命。当主任医师的菲菲和当过护士的二姐陶陶都说我们抢救及时，处置得当，才救了妈妈一命。我和怡怡则说是观音菩萨救了妈妈一命。

妈妈是 1912 年生，到 1991 年应该是 79 岁。从 1991 年到 2010 年 4 月，妈妈以 98 岁高龄无疾而终，期间又多活了约 20 个春秋。

1991 年时，我和怡怡都是 50 岁左右的人，平时出差是不带速效救心丸这类药物的，而这一年为什么出差温州偏偏带上了这种药，并且放在旅行袋最方便拿的地方？

1991 年，上海纺机展为什么会遇上舟山纺机厂的领导，去了普陀山，去了雁荡山，并在观音面前许愿求签问父母的身体？

1991 年，那天中午吃面条的时候，我为什么拿着筷子，紧盯着妈妈，看到她筷子掉落在地就马上扶住她，抢救那么及时有效？今日想来，一是要感谢菩萨保佑，二是妈妈福大命大，三是怡怡是个孝女，孝心感动天地。

岳母张玉华（妈妈）福大命大是她一生修来的。

岳母张玉华的父亲叫张端甫，是明朝张璁张阁老的后人，家在农村，粗识文墨，能吃苦，敢打拼。曾经种过蔬菜售卖，也曾种桑养蚕，但获利甚薄，就去木材加工厂当学徒，学会了木材的加工经营。后来，自己就借钱开了个木材加工厂，稍有积蓄就投资温州第一个火电厂，占有一定股份。后改自己木材厂的人工锯木为电锯，效率大大提高，效益更加丰厚。张端甫有钱后在西门外购地置厂，取"大有同"为公司名。生意做得顺风顺水，并购买三只机帆船到上海跑运输做木材生意。可"天有不测风云，人有旦夕祸福"。有一天，一封电报传来告知："三艘船遇风沉没，人安无事。""大有同"遂破产。

张端甫有三女一男。长女名玉荣，始配临海富家子，不从逃婚，其父只得赔礼道歉，以两倍的订婚礼金送还人家。其后配温州最大的药栈"黄德昇"家的大公子。婚后育有二女一子，公公婆婆殁后治家不严，一把火把全部家当、药材烧了个精光，玉荣无奈只得带着儿女回到母家生活。由于生计无着，精神压抑，早早去世。三女玉莲，与住在隔壁的曹季玉自由恋爱，父母很不高兴，表示反对。曹季玉是嘉兴人，在温州邮电局工作，人品端正大方，玉莲不顾父母意见，坚持自由之意志，与曹季玉结婚，两人恩爱一辈子，都活过九十多岁，白头到老。两人育有三男两女，都有所成。

张端甫的小儿子张震纲，1948年高中暑假期间，与父母及二姐张玉华讲，要和几个同学一起去瑞安游玩。实际上是投奔共产党浙南游击队，进山后，被共

怡怡三姊妹合影

产党游击队误认为是国民党派来的奸细，无以自证清白，遂被冤杀。"文化大革命"后，张震纲被平反，成为革命烈士。在他被冤杀的地方抓了一把土，作为烈士骨灰，葬在翠微陵园。张端甫夫妇临死前仍叫着张震纲的小名，不肯合上双眼。我岳父曾作诗两首，挽联一副纪念内弟。

翠微山为内弟震纲烈士扫墓

挽震纲内弟骨灰归葬

（一）

牺牲不幸蒙恶名，查有真情冤方平。

热血一腔谁省识，可叹党国失豪英。

（二）

清明鬼节雨霏霏，扫墓含泪上翠微。

烈士深冤虽大白，亲人已逝永心悲。

壮志未酬，唯有丹心昭日月；

冤情大白，但将血泪吊英魂。

下面，我重点谈一下岳母张玉华的事迹。为节省笔墨，我把岳母张玉华简称为"她"。

她是张端甫的二女儿，自小聪慧美丽，"三女一貌"，三个姑娘中，她不仅貌美，更重要的是懂事，极具孝心。她的照片被照相馆放大后摆在橱窗里当模特，后被家里买回。张端甫有一次生病，长期不愈，她听说父亲的中药里如用人肉作药引子即可治愈，她就乘人不备，偷偷地用嘴咬住左手臂上的一块肉，用剪刀剪下来放到药罐中和药一块煎煮。我曾经看到过她手臂上的那块伤疤。对于她，父母亲视为掌中宝、心头肉，疼爱有加。然而，对于渴望学习的她，父母却只让她上到小学毕业，就不让她继续上学了。对于父母的决定，她不能反对，只能在女工针线活上下工夫，给绣厂绣花鸟鱼虫，挣一点工资。父母对她没有更高的要求，只希望她能嫁一个好人家，找一个好女婿过好自己的小日子。

温州八字桥有一樊宅，清光绪年间这里出了一位举人，所以这座有三进院落的大宅子，第一进院落的中堂前挂有一白底黑字的大匾，上书"文魁"两个大字。其后还有一块金地黑字的大匾也挂在中堂，四字金匾为："婺焕耄龄"。什么叫"婺焕耄龄"？是什么意思？简单地说：就是这家宅子的女主人都活到90多岁。

20世纪30年代初，这宅子的主人叫樊健生，字承彦，13岁丧父，上有祖母、母亲，还有三个弟弟一个妹妹。13岁的樊健生小小少年要承担起这个家庭的千斤重担。他是个早熟的男子汉，不怕吃苦，做事认真，有诚信，有担当。他虽然只是小学毕业，但能自学成才。他买本《化学工艺大全》自制各种产品，做过蓝墨水精、新型蚊香。后来他掌握了蜡纸制造技术，在一个小蜡纸厂当技师。这时，樊宅特别急需娶进一个长子长孙媳，以便协助樊健生料理家务，共同担起家族的重担。

樊家在西门亲戚多，有一次西门亲戚娶媳妇，有一个女傧相，聪明美丽又大方，引起了樊健生母亲的注意。经过打听，知道她是张端甫的二女儿张玉华。

樊家托人提亲，张家也托人打听樊健生的情况和人品。张端甫认为樊健生是有志青年，是可靠之人。虽然，年龄比女儿小两岁，个子稍矮，但决意将女儿嫁到樊宅。

她的嫁妆是父母精心准备的。她结婚时，张家陪送的嫁妆一直从西门的"大有同"排到八字桥的樊宅。她婚前并未见过樊健生，只偶尔一次见到过他的背影。这桩婚姻完全是媒妁之言、父母之命，是和三女儿张玉莲与电报员曹季玉的自由恋爱完全不同的。

她和岳父樊健生结婚后，琴瑟和谐，生活虽然清苦，但其乐融融。大姐依依、大哥绍云、二姐陶陶先后出生，生活的担子更重。特别是日寇侵华期间，温州曾先后三次沦陷。第一次沦陷是 1941 年 4 月 18 日，沦陷 12 天；第二次沦陷是 1942 年 7 月 11 日，沦陷 35 天；第三次沦陷是 1944 年 9 月 9 日，沦陷 281 天。1945 年 6 月 17 日，日寇仓皇逃窜，温州光复。温州沦陷期间，她都要脸上抹灰，打扮成农妇，牵儿携女向农村逃。她曾在破庙里住过，在农民家里住过，也曾在野草堆里、丘墓间栖身，以野菜果腹，以清泉解渴，艰辛备尝。

1949 年，她 36 岁，已有 6 个子女，还怀着第 7 胎，由于岳父所在工厂停产，职工遣散，家境更觉艰难。

同年 5 月 6 日上午，她在房中打扫，忽然听大门"咿呀"声。她偷偷一看，来者是永嘉县衙"催捐人"。家里买米都没钱，哪有钱交"壮丁捐"！她偷偷在大女儿依依耳边说了几句，就自己躲在楼梯下面。"催捐人"进门时，女儿推说大人外出去了，泡了两杯茶。他们喝茶后，东张西望地坐了一会，只得走了。她从楼梯下出来，想到明后天他们还会来，

岳父母合影

"躲得了初一，躲不过十五"，真是忧心忡忡。

好在第二天，5 月 7 日温州解放了。解放不久，就给她带来了喜事。

温州一解放，军管会抓发展生产，把几个小蜡纸厂接管合并成立"温州蜡纸厂"。经过调研排选，由军管会主任康志强（后任中国海军司令），副主任龙跃、李培南发出"委任状"任命岳父为"国营温州蜡纸厂"抓生产的副厂长。

在党的培养下，岳父以前所未有的干劲领导温州蜡纸厂的生产。1950 年到 1951 年，《浙南日报》曾两次报道岳父的先进事迹。后来，岳父又调到温州皮纸厂，在工厂里他一直积极工作到退休。

新中国成立时，她已是中年人，俗语云："月过十五光明少，人到中年万事休。"但解放使她的生活发生了重大转折。在党的培养下，她竟从一个小学毕业生逐步成为中学教师。

1950 年，她常带小孩子去阳岙温州蜡纸厂躲避国民党飞机的轰炸。在那里，他认识了市妇联来温州蜡纸厂做妇女工作的姜旭同志。当她知道岳母在抗战时曾参加党所领导的"抗日救亡工作队"，就动员她去市妇联工作。在市妇联，由于她工作积极，也肯学习，得到张侯芳、张雪梅等领导同志的关怀和培养，进步很快。以后她当选为"温州市家庭妇女联合会"

主任和市人大代表。她接着从组织妇女学文化开始，1951年正式进入职工教育队伍。

论学历，她13岁毕业于公立树人小学后就失学了。停学后，她虽然也看了《岳传》《聊斋》等许多书籍，但是缺乏系统的知识。领导要她搞职工教育，当教师，她是又高兴又害怕。1951年秋，她先任扫盲班教师，边教边学，文化和业务水平逐步提高。1952年上学期，教育局任命她为"纺织业第三职工校"负责人，兼教三年级的语文、算术。职工教育不同于普通教育，教学都是利用职工休息时间，更多的是晚上上课。1953年教育局调她到市第四职工校任高小班语文教师，晚上要去下寅木材厂补课。这里夜间还有狼出没，补课后，工人要打着电筒护送她到浦桥，她再步行近一小时回到八字桥。深夜回到家中，只见小孩横一个、竖一个睡在地上或床上，也有坐在椅子上等妈妈的却已经睡着了。她始终无怨无悔，在党的教育下，她把工作和革命联系在一起。

1954年上学期，她去负责环卫处职工校。环卫工人在新中国成立前是受歧视的，掩埋工人当时也归这里。在环卫处搞职工教育要和工人打成一片，她常随他们一起去扫马路，洗刷马桶。由于她全心全意为他们服务，毫不怕麻烦，"见缝插针"地教育他们学习，他们学习热情也就高涨，她的教学成果当然也取

1953 年暑假全家合影

得了良好的效果。

为了搞好教学，她废寝忘食地进修。从 1952 年起，她利用星期日和一些晚上时间去业余"初师"进修。后来，她又进入半工半读的"普师班"。以后她还自学了一些大专课程。随着文化程度的提高，她所教的班级也越来越高。50 年代末，她成为环卫处和永久锁厂职工校"初中班"的语文教师，以后在环卫处一直工作到退休。

1960 年，她所负责的环卫处职工校被评为全国职工教育先进单位。她也于当年加入了中国共产党。领导还曾让她到莫干山浙江省工人疗养院休养。

她和岳父共育有四男三女，家教甚严，但严中有方。怡怡少时，有一次从碗柜中取碗，一不小心把碗柜拉倒，柜中大量景德镇细瓷器都打碎了，怡怡怕得要命。听到响声，妈妈赶紧跑过来，看到满地碎瓷片，虽然十分心疼，但一句责骂的话没有，反而抱住怡怡好生安慰。

她努力支持孩子们上学，不管困难多大，都尽力克服。为此，有人说她是"唯有读书高"。她和岳父还有一个特点是不偏心。对七个儿女一视同仁，手心手背都是肉。但是，他们对女婿和媳妇比对自己闺女和儿子要好得多，终其一生，未见他们责怪过或嫌弃过女婿和媳妇。说起女婿和媳妇都是一个"好"字。

妈妈在切年糕

妈妈特别赞赏怡怡的一个优点是，"怡怡是小姑贤"。因为怡怡每每和妈妈谈到两个姐夫、三个弟妹和嫂子时都是说好话、添好言。我作为女婿之一的感觉是：在温州家中受到了所有人的尊重。

岳父、岳母不仅关心儿子、儿媳、女儿、女婿，尤其关心下一代十三个内外孙子、孙女，既无微不至地关心爱护，又讲规矩礼貌，该批评就批评，不护短。以至于后来他们参加工作后，都说："如果没有在八字桥受过奶奶的教育，我们都很难成才。"

我儿敬萱 1996 年初和儿媳宋蓓结婚，岳母专门为他们写了几幅洞房联，让我为其挑选：

（一）

翡翠巢连理枝头（左联）

鸳鸯宿百子池中（右联）

（二）

明月当窗调琴

翠袖添香读书

（三）

试问夜何如牛女双星渡河汉

欲知春几许连理枝头花正红

岳父、岳母由于家庭原因，只读到小学。然而，他们一辈子都勤学不辍。岳父一生在书法、篆刻、古典诗词、菊花养殖等方面都有很深的造诣，岳母的诗文也相当好。看看他们写的诗、写的字，谁能相信他们只是上过小学呢？岳父樊健生是温州诗词学会中人，他的作品经常登在温州诗词学会编的《东瓯诗词》上。

岳父、岳母之间也经常诗词唱和，有关心时事、歌颂祖国、歌颂党的，有歌颂祖国大好河山的，更多的是朋友间、亲人间的抒怀之作。

如岳父樊健生诗四首：

玉华八十寿宴有感

（一）

玉华寿宴合家欣，

孙颂儿歌祝寿频。

莫负今宵酒兴浓，

儿孙如此胜千金。

（二）

多男多女古来愁，

儿女成才最难求。

我幸儿女皆成器，

父母八十心无忧。

钻石婚题照

六十周年易也难，

鹣鹣双影足欢颜。

成行儿女人称好，

赢得健康意境闲。

咏菊

天生傲骨挺雄姿，

佳种繁多态自奇。

线绿墨红皆独特，

一花三色更为稀。

岳父于 2001 年以 87 岁高龄仙逝，岳母以 89 岁高龄写了三首诗沉痛悼念：

（一）

携手迎华七十年，

风风雨雨俩相牵。

夫遭二竖合家苦，

默向黄花泪潸然。

（二）

竟日思君吊遗容，

三更梦断枕衾空。

鹦哥不解侬心意，

效夫教人赞邓公。

（三）

寿至期颐岂罕见，

夫子八七乃终年。

遗作重整思反哺，

儿女哀哀痛心田。

2010年4月14日晚8时，三弟樊绍文打电话告诉我说：母亲于当日下午二时仙逝。他还告诉我说："尊母遗命，不去医院，就在家中终老。"岳母是在她周围儿女的泪眼中安然逝去的。她身后有儿女、孙辈、重孙等四十多人，真可谓根深叶茂，子孙繁盛，并且其中工作努力、品行贤孝、成才者不少。古语云"千金难买子孙贤"。岳父、岳母在天之灵看到他们的后代都是如此优秀，应该含笑九泉了。

妈妈的生日照（摄于1931年）

我在4月15日早上起程，司机小申开车急驰三千里，当晚10时赶到温州。第二天，在岳母的遗像前三鞠躬，望着遗像，不禁悲从中来，泪流满面，难以自制。我参加完岳母的葬礼，在翠微山上遥望远方，我仿佛看到岳父、岳母站在八字桥樊宅里中堂"文魁"和"婺焕耄龄"两块大匾下，看着用高山一样的父爱，用大海一样的母爱哺育出一代代子孙们，和他们挥手告别，走出去参加祖国的建设，成为国家的栋梁、成为有用之才。

多少年过去了，岳父、岳母音容宛在，懿德长存，经常想到他们，经常在梦中和他们相见，能成为他们三女儿的夫婿真的是可心合愿。

种豆得豆，种瓜得瓜。这是缘分，也是千年修来的福分。人们不是都在说"百年修得同船渡，千年修得共枕眠"吗？美由善心来，心似莲花开。果然如此！

十九　传奇赵接力

赵接力是我的朋友，是很有个性的一个人，他的经历富有传奇性。

他 1950 年 12 月 1 日生于河南灵宝川口乡尚庄大队小村生产队。小村真小，只有 6 户人家，不到 40 口人，在大山深处老百姓以种小麦、玉米、红薯为生，他们家是贫农成分，父亲曾任尚庄大队支书，在"四清"中被打成走资派，兄妹五人他是老四，三哥一妹。父亲被打成走资派后，气愤不过，就举家搬到灵宝尹庄镇东窝村居住。在他上小学一年级的暑假，有一天，他和四个小伙伴来到山上找吃的，时近中午，天气很热，他们都低着头，捡掉落在地上的柿子。赵接力捡了一阵子，感到累了，直起腰来，猛一抬头，面前站着一个须发皆白的慈祥老头，手中的拐杖还带着龙头，其他四个小孩也都看见了，吓得他们抱头鼠窜地跑了。回到家中，他大病了一场，家里人说："他碰见的是土地爷。"也有的人说："他碰见的是老寿星。"

1966 年，他考上了灵宝三中，上了一年，"文化大革命"开始了，学校停课，什么文化知识也没有

177

于赵接力灵宝家中（左一为赵接力，左二为作者）

学。1968 年初中毕业，回到农村参加劳动，干农活，兼干农村电工。1970 年 9 月，他被会兴棉纺织厂招工进厂，到细纱车间当了一名推纱工。

他在细纱车间推纱工的岗位上干了五年，由于对棉花过敏，患了过敏性鼻炎，呼吸困难，转劳保治病。到 1981 年被分配到织布试验室工作，由于工作清闲，他学会了打算盘，并在比赛中获得了织布试验室的第一名。他不想浪费时间，开始学习初中、高中的课程，请同事王跃华教物理，请王建平教数学，请刘惠教化学，等等。在此期间，我任布机车间运转工长，常到织布试验室联系工作，看到了赵接力努力学习的样子，感到此人不凡，以后必成可用之材。

1984 年，我任厂长，并且实行厂长负责制，产供销、人财物之权通通归厂长所有。1985 年全国纺织品出现了一段时间供大于求的现象，我们厂也是如此。车间里、仓库里纱线、布匹堆积如山。厂里一方面安排调整产品结构，一方面提出销售奖励办法，督促经营厂长和销售科的销售人员加紧工作，打开销路，但都进展不大。此时，我把赵接力从织布试验室调到销售科参加到销售队伍中。

赵接力接受销售任务后，挎着一个黄挎包到了火车站，该上何处去呢？他不知道。他想到郑州纺织厂、印染厂多，就向东走吧！于是上了去郑州的火车。在火车上，人多没有座位，他就站在车道中，听旁边座位上的人在交谈中讲到印染、坯布等词，他就主动和人家介绍自己是会兴棉纺织厂的销售人员，并认识了那位河北邯郸印染厂的坯布科科长。他跟着那位坯布科科长跑到邯郸，自己掏腰包买了两瓶好酒，到科长家软磨硬泡，说动科长试试会兴厂的坯布。邯郸印染厂试用了我们厂的 32 英支哔叽坯布后，非常认可，赵接力连续 20 多天，天天和科长吃喝在一块儿，增进感情，天天盯着坯布是否及时到印染厂，上机后质量如何，货款是否汇到会兴厂，邯郸印染厂凡遇到什么问题，找赵接力都能及时、圆满地给予解决。从此，会纺生产的 32 英支哔叽布就被邯郸印染厂包销了。

此后，赵接力又把会纺生产的 21 英支平布成功推销到渭南漂染厂，把 40 英支府绸布推销给扬州印染厂。由于赵接力的努力，会纺的成品积压得到缓解。应该说赵接力是我们会兴厂销售积压产品的功臣。然而，树大招风，有许多人向我报告说赵接力在销售中收受贿赂，家中有彩电、冰箱。在给我说赵接力有问题的人中，有不少是厂级领导。

在我参加纺织厅举办的厂长学习班期间，赵接力从三门峡市赶到郑州找我，说他已被赶出了销售科，感到很委屈。我说："你先回厂，我学习班结束回厂后，马上处理此事。"

学习班结束后，我回到厂里，抽空召开了一个办公会，要求厂纪委抽调人员对反映的赵接力收受贿赂问题进行调查，并提出要求：调查要细致，要认真，要实事求是，两个月内调查完毕，给领导回话。

其间，有一天早上，我上班走到厂门口，当时，在厂大门口进厂的人很多。忽然赵接力带着王跃华出现在我面前，王跃华胆怯地对我说："李厂长，我要结婚了，没有房子。"我看着王跃华，略一沉思，对他说："你明天这个时候到我办公室来一趟。"第二天王跃华如约来到我的办公室，他站在我面前，我对他说："我已经给总务科打过招呼了，你去找他们，他们一定会给你一间房子的。"

在会纺，作为厂长，为解决职工住房问题，我千方百计尽量多地盖房子，但我不分房子，分房的权利交厂职工委员会，具体操作执行是总务科。我给分房委员会和总务科领导讲："王跃华虽然分房条件不够，但是他是荣获河南省纺织工业百花奖创新奖的人，是对我们厂有贡献的人，应当破例分给他一间房子。"后来，我又在全厂干部会上讲了给王跃华分一间房子的事。

作为厂长我为职工盖了许多房子，但我只为王跃华分了一间房子。至今王跃华对我心怀感激，念念不忘，滴水之恩，涌泉相报，令我感动莫名。

两个月后，厂纪委负责调查赵接力问题的人给厂领导集体汇报说：关于群众反映赵接力受贿事，查无实据。

我在这次汇报会上给与会者讲了一个道理：无罪推定，疑罪从无的原则。我说："过去我们对疑犯都坚持有罪推定原则，浪费了很多人才，冤枉了许多人，从现在起，在我们厂我们对职工在未经证实和判决有罪之前，应视其无罪。赵接力在推销我们厂积压产品时有功无过，应给予提拔奖励。"我提名赵接力为劳动服务公司副经理。参加会议的厂领导没有一个人有异议。后来，我又在全厂干部大会上对赵接力的销售工作进行了表彰。

赵接力调到劳动服务公司任副经理，配合经理刘百茂的第一个工作是卖麻袋。原来厂劳动服务公司用6.5万元从福建漳州某公司购买了10万条麻袋，卖给平顶山综合物资销售部。会纺厂劳动服务公司对这10万条麻袋没验货，麻袋运到平顶山综合物资销售部后，发现麻袋质量有问题，有许多假麻袋、坏麻袋，平顶山综合销售部拒收。就是这样一个经济纠纷摆在了赵接力的面前，赵接力在律师常金生的帮助下，往返平顶山、漳州五六次，忍饥挨饿，费尽口舌，运用多种方法，包括上诉到平顶山法院等，终于以最小的损失拿回了欠款。事后，劳动服务公司经理刘百茂十分感慨地给我汇报说："没有赵接力，这些钱拿不回来。"

后来，我安排刘百茂到销售公司当经理，赵接力接任劳动服务公司经理。

赵接力升任劳动服务公司经理后，认为必须办企业，才能养活厂里的富余人员。于是，他开辟了新的领域：在厂西南角建了5000平方米的厂房，创办了玻璃钢厂、手套厂、针织厂，并协助梁家渠大队建立了织布厂。他任经理后，劳动服务公司越办越大，经济效益越来越好，安排人员越来越多。他是一个开拓人才，敢想敢干，快速推动了劳动服务公司的经济发展。为了充分发挥他的作用，我调升他为厂长助理，帮助我组建三门峡市纺织集团。组建三门峡市纺织集团是当时三门峡市委市政府交给我的任务。三门峡纺织集团包括会纺、河南二印、河南二纺器等。在此期间，我带赵接力到广东实地考察，回厂后组织会纺部分职工参股，与佛山南海市纺织公司联合成立了三门峡第一家股份制贸易企业"三门峡海峡纺织品有限公司"，赵接力任董事长，此事受到市委书记杨光喜、市长王如珍的支持和表扬。连着又和香港联丰公司联合成立了三门峡市第一家中外合资的针织企业"会丰针织有限公司"。

1988 年 6 月，我奉调离任，到河南省纺织工业厅任副厅长。

6 月 6 日到 17 日，中共三门峡市委、市政府决定：在会兴棉纺织厂实行公开招标竞争承包，择优选出经营者。党委书记于根彦，副厂长陆素兰、李明训、老职工科科长何先路四人投标。经考核答辩，广泛听取群众意见，决定由陆素兰中标，从 6 月 17 日起，履行厂长职责。

陆素兰是天津纺织工学院毕业的女大学生。她曾和赵接力在同一科室——技术科工作。陆厂长对知识分子重视，对于学历低的赵接力有点看法。所以陆厂长一上台，厂领导班子研究马上就把赵接力派到食堂科那个不令人待见的地方任科长去了。

赵接力到食堂科照样干得很好。他到食堂科后，首先整顿内部管理，提高饭菜质量，增加花色品种，堵塞漏洞，降低成本，从买豆腐到做豆腐，从买肉到买猪，再到养猪。如此举措令会纺食堂面目一新，职工得到了实惠，食堂干净整洁，饭菜可口，得到全厂职工的好评。赵接力在食堂的工作如鱼得水，陆厂长也对他的工作表示满意。

1989 年 9 月，我到漯河棉纺厂检查工作，看到当时的漯河棉纺厂管理混乱，设备杂乱，车间里乌烟瘴气，全然不像是一个正规的棉纺厂。陪同我检查的漯河市市长鲁茂升对我说："李厅长能否帮助我一下，派一批人把漯河棉纺厂管起来？"我当即回答说："可以，但是我派来的人必须是厂长，是一把手。"鲁市长也爽快地回答说："可以！"

为了兑现对鲁市长的承诺，我回到郑州马上把赵接力、徐淑荣、史维良等人召来。我告诉他们："漯河有一个棉纺厂需要人，需要管理者，你们愿不愿意去。"他们都表示愿意去。我接着告诉他们："去漯河的人论文化和学历，赵接力最低，而论能力和水平，赵接力都在你们之上。所以，这次你们一帮人去漯河，赵接力是厂长，是核心，一切都要听赵接力调遣、安排。"当时，我还交代了其他许多注意事项，比如团结问题，发挥党的核心作用问题。这次我组建的去漯河棉纺厂的领导班子成员是：厂长赵接力、党委书记徐淑荣、副厂长史维良等。

1990 年 2 月 5 日，会纺党委副书记徐淑荣奉调离任，到漯河棉纺厂任党委书记。

1990 年 2 月 27 日，支援漯河棉纺厂建设的 67 人离厂赴漯。

而当时赵接力被人诬告，三门峡市检察院正派人查他，并且告诉赵接力不准离开三门峡市。我问赵接力："你有没有问题？"赵回答："我绝对没有问题。"我说："好，你马上就走马上任，到漯河去，不能留在三门峡。有什么问题，通过漯河市委、市政府解决。"

赵接力去漯河任厂长，在会兴棉纺织厂掀起了轩然大波。一个初中生，一个细纱推纱工去当厂长，引起了许多人的羡慕、嫉妒、仇恨。其中一位厂领导指使人去诬陷赵接力。这个人找到一个叫石章圈的人。赵接力曾卖棉纱给石章圈，货款50万元，石章圈把50万元货款带到三门峡交给了赵接力，赵接力随即把这50万元货款现金交给了厂财务科，财务科开了个货款收据存档。该人威胁石章圈，要石到三门峡检察院举报赵接力贪污50万元货款。检察院接报后到会纺财务科找不到货款收据，遂认定赵接力贪污货款，不让赵接力离开三门峡，要赵接受调查。当时厂财务科有一个叫张明诚的会计，对有人诬陷赵接力感到十分义愤，就自己一个人泡在存放账本的小仓库中仔细翻阅，终于在其他年份的报表中发现了赵接力上交货款的收据，上交到检察院，真相大白。所以在赵接力离开三门峡到漯河上任，三门峡检察院并未去进行追究原因也就在此。庆幸赵接力又躲过一劫。

1990年的漯河棉纺厂有5万枚纱锭，主机设备落后，且五花八门。该厂是集资建厂，漯河市所属三县一区都有集资在里面，占地款没有着落，工厂负债率达150%，属于破产企业，被占地的村民经常到厂里闹事，多时有几百人。

赵接力带领会兴厂去的几十个人，面临很大压力，漯河全市的领导和群众都把希望聚焦在他们身上。

赵接力首先召开厂领导班子成员和中层干部开会，统一思想，树立信心，调查研究，提出办法。接着进行各方面的整顿，首先开展军训，聘请驻军对全体职工进行军训，加强纪律性。当时厂里进了2000多名占地工，40岁以上的农民工占到80%，上班带狗，车间里狗屎狗尿到处都是，女职工也常有被狗咬伤的。军训15天后，分班组派到平顶山棉纺厂进行培训，不经培训的，不准上岗。赵接力对全厂干部职工提出一个目标：厉行一切节约，降低一切成本，调动一切积极因素，为扭亏而奋斗。要求全厂每个职工：堂堂正正做人，认认真真办事，踏踏实实工作。他反复要求大家：加强纪律性，遵守厂规厂纪，要知道工厂不是农村。经过整顿，全厂职工面貌焕然一新。

工厂设备也经过重新安装，达到了标准要求，并请市长调拨5000吨棉花给厂里以解燃眉之急。经过这一系列管理整顿、设备整顿、人员培训、精心组织生产，漯河棉纺厂的生产效率、产品质量大幅度提高。该厂的"红杏牌"32英支精梳纱被上海"宜而爽"包销。销路打开后，又在广州建立办事处，实行销售承包。又从省纺科所购进二手设备10000锭，全厂总锭数达到6万枚。由于质量好，棉纱供不应求。此后到第四年全厂利税达到了5000多万元，成为漯河市的纳税大户。

漯河市委、市政府为扩大漯河棉纺厂的经济规模，组建漯河纺织集团。集团成员有漯河棉纺厂、漯河第一针织厂、漯河第二针织厂、漯河第三针织厂、豫南织物厂、漯河毛巾厂等。市委任命赵接力为集团董事长、党委书记、总经理。在集团内各种生产要素的管理、配置、流通由赵接力全权支配。同时，还任命赵接力为漯河市经贸委副主任、市人大常委会委员、高级经济师，并被评为全国纺织战线劳动模范。

1997年，赵接力已经偿还漯河棉纺厂以前欠债近亿元，企业负债下降到60%以下。漯河市市长曾在大会上说："赵接力来到漯河为我解决了一个大难题，为漯河的经济发展作出了不可磨灭的贡献。"市委书记也曾在全市干部大会上说："搞企业我算找到了一条真理，这个真理就是选好企业的一把手，我们选了一个赵接力，就使漯河棉纺厂成为豫南明星企业。"

真是"塞翁失马，焉知非福"。1998年，时任漯河市市委书记的程三昌，在其65岁前夕，以企业改制为名，把漯河市29家国有企业卖掉，人称程三昌为"程卖光"。被卖掉的29家企业中包括漯河市纺织集团。然后程三昌携巨款和情妇逃到新西兰。现属于百名红通人员,至今未归。赵接力被安排在漯河市任经贸委正县级副主任。

1999年年底的某日晚,我在广州,受时任广东省纺织工业总公司总经理崔河的邀请参加晚宴。席间崔河问:"李厅长,你那里有没有人才? 如果有,请介绍给我一两个,可以吗?"我说:"我现在手头上就有一个。"接着,我把赵接力的情况向崔河作了介绍,崔河听后,很感兴趣,要求马上见到赵接力。我就在席上立即给接力拨通了电话,简单说了几句,赵接力对我说:"李厅长,只要是您介绍的,是火坑我也去跳。"

第二天,赵接力就赶到广州与崔河见面,俩人一见如故,相见恨晚。随后,崔河发函调令给漯河市委组织部,调赵接力到广东省纺织工业总公司任广东省纺织原料公司总经理。并把刚盖好、在白云山下的公寓楼分了一套给赵接力。

赵接力在广东纺织原料总公司任总经理,努力工作,清正廉洁,为人低调,获得大家好评,没有辜负崔河的期望。后举家迁往广东中山市居住,退休后每年冬夏往来于广东中山、三门峡间,身体健康,儿子孝顺,老友多多,安享晚年。

二十 "大客车爆炸"之谜

1986 年 11 月 2 日是星期天，由于樊怡怡出差在外，家中只有我一个人，闲来无事，我就去陕县电影院看电影。这场电影是 11 点钟开始播放，理应在下午 1 时左右结束，没有想到，中间停电，电影到下午快 4 点的时候才散场。

我从电影院出来，快到我位于市委对面的家时，老远我就发现在我们家的大门口聚集了一大群人，吵吵嚷嚷的，都很急切的样子，不知他们在说什么。其中一个人推着自行车快步向我走来，嘴里还喊着："厂长，不得了呀！我们厂里的汽车爆炸了呀！死了好多人呀！"我心里一紧，接过他手中的自行车，骑上就向厂里跑去，也就两分钟吧，我就到了事故现场。

11 月 2 日下午 3 点 37 分，我们厂一辆满载职工上班的大客车，行到厂门外左侧 100 米处突然发生爆炸，死亡 10 人，伤 47 人。在事故现场我看到的景象惨不忍睹，大客车只剩下框架，受伤的人已被抬到厂医院救治，被炸死的人血肉模糊，连街道旁的树上都挂有人体器官，只见我们厂的职工正用白布把现场围起来。保护现场的、救治伤员的、联系市政府有关部门的、职工干部都在自觉主动干着他们认为应该干的事。该上班接班的职工都秩序井然地鱼贯进厂工作，全厂各车间机台全开，职工全都在自己的工作岗位上，伤亡人员的岗位也都安排他人顶替，生产秩序没有受到一丝影响。

我看了事故现场，回到厂里的办公室，我通知厂办主任，马上把当时在车上坐的保卫科长叫来。保卫科长来到我的办公室，告诉我说，他当时就坐在接职工的大客车上，位置是靠前面的副驾驶员的位置，他没有受伤，只是听力受点影响。我又叫保卫科长把驾驶员叫来，要求司机和科长共同回忆大客车上共有多少人、大体都在什么位置、爆炸的中心点在大客车里什么地方、汽车油箱有没有爆炸起火、汽车有没有机械故障等。通过询问司机和科长得知，大客车油箱完好，机械没有故障，我得出结论：这是一起人为事故，是刑事案件，应交给市公安局侦破。我吩咐保卫科长及时和市公安局保持联系，并立即召开全厂干部大会，安排事故处理期间的生产经营和事故处理，以及有关人员的工作任务和政策意见。

第二天一早，市公安局通知：厂"11·2"事件是一起刑事案件。经侦破：罪犯张金柱因和女朋友闹意见，想炸死女朋友未得逞，便在大客车快进厂时引爆身上的雷管，把他周围的9位女工连同他自己同时炸死。张金柱原来是一名炮兵，进厂后被分配在空调房工作，可他心理变态，在家独住一室，在他居住的房间发现了制作爆炸物的材料。张金柱这种人在社会上和工作单位，其真面目不容易被人识破，非常危险。张金柱被炸得粉身碎骨自取灭亡。可怜九名无辜遇难者中，年龄最小的才17岁，最大的也只有35岁，还有刚生过孩子的年轻母亲，令全厂职工难过，令全市人民揪心。47名受伤的女工身体并无大碍，只是耳膜震破，听力受到影响，其中伤势轻者第二天就出院上班了。

"11·2"事件发生后，第一时间三门峡市委、市政府就极为重视，号召各个厂矿支援会纺，省委书记杨析综两次来电话询问，省纺织厅厅长张贺亭、副厅长张春德亲自到厂慰问。我们厂从干部到工人更是团结一心，努力克服一切困难，在做好遇难家属工作的同时，安排好生产，没停一台车，没停一枚锭，没有一个工人迟到，没有一个工人早退，没有一个工人请假。"泰山崩于前而色不变"。我们会纺工人在灾难面前所表现出来的团结、不怕困难、英勇无畏、纪律严明的精神真是可歌可泣，令三门峡市各厂矿工人、各级领导钦佩赞赏。

我要求做遇难家属工作的同志，要站在遇难者家属一方看问题、想问题。毕竟他们的女儿、妻子年轻轻的，活生生的在上班途中，说没就没了。这事摞在谁身上能受得了？本着为职工着想、为家属着想的态度，遇难职工家属提出什么困难，只要厂里能解决的，统统给予解决的，不拖泥带水。9 位遇难女工家属都分别提出了一些要求，都不过分，厂里都能做到，作为厂长我全部答应。他们没有一个说难听话的，更没有一个闹事的。11 月 4 日，我参加了 9 场哀悼大会，我为每个遇难女工送行，祝她们一路走好，安息吧！

11 月 5 日，全厂职工克服"11·2"事件的阴霾，一切都走上正常之路。

当时有领导说："'11·2'事件要是发生在别的厂，一年两年也处理不完。"

是啊，这样天大的事发生在会纺，为什么就能这样干净利落地处理好呢？原因何在？让我告诉你。

"11·2"事件的发生是偶然的，但随后会纺处理此事所表现出来的会纺精神、会纺气魄、会纺胸怀，会纺人爱厂如家、积极主动、勇于担当、纪律严明、不怕吃苦、不怕困难的思想境界却不是一蹴而就的。能战斗的队伍是练出来的，是锻造出来的，是用科学的马列主义、毛泽东思想武装起来的。

俗语云，"火车跑得快，全靠车头带""兵熊熊一个，将熊熊一窝""千军易得，一将难求"。这里说的道理是："将"即领导，而且主要领导在单位和企业

陪省委书记杨析综、市委书记杨光喜检查工作

中所起的作用是关键的，是主要的。

作为主要领导，你是什么精神境界，你是什么作风，你是什么形象，你带的兵就是你这个模子"磕出来"的。有什么样的将，就有什么样的兵。有什么样的厂长，就有什么样的厂，什么样的职工队伍。工厂管理水平、职工队伍建设、企业文化培育以至于企业的形象和发展蓝图，都是企业主要领导者身心的外化、物化。书法家常常讲"字如其人"。作为厂长就应该是"厂如其人"，"工人如其人"。当时的会纺有干部工人五六千人，加上家属有上万人，是国有企业。省纺织厅党组把这样一个大企业交给一个40来岁的年轻人放心吗？通过我三四年的努力所创造的效益，特别是通过"11·2事件"，我相信组织上对我

是满意的。

　　搞好一个厂容易吗？我的回答是："不容易。"但是"不容易"也得努力想办法搞好。我长期在棉纺织厂基层工作，全厂职工包括上级领导都希望我成为一个好厂长，而不仅仅是一个好人。我自己也想成为大家心目中的好厂长，我能做到吗？肯定能！

　　厂长是一个企业的主要领导，领导者不仅要有领导科学知识，还要有领导艺术。对领导科学和艺术，厂长不能只会纸上谈兵，应"知行合一"，其运用之妙，存乎一心。

　　要做个好厂长、好领导，必须树立正确的世界观、价值观，做到心正、意正、言正、行正。一心为民，以身许国，清正廉洁，一尘不染。兵法上讲："先为不可胜，再为可胜。"怎么能做到"先为不可胜"？怎么能做到守身如玉，金钟罩身，不被打倒？靠表率作用，靠以身作则，靠不谋私利，靠拒绝诱惑。我不吸烟，不喝酒，不打牌，不唱歌跳舞，不钓鱼，除喜读书外，没有不良嗜好。我办公室的门，只要我在，从不锁门；我出差在外办事，带着办公室主任或部门经理，一切费用，我从不经手。我也从来不从财务处借钱或报销费用。总之"瓜田李下"之事，我从来不干，这一切都是为了让大家对我放心，自己安心。"苍蝇不叮无缝的蛋"，我就是要作一个永远无缝的金蛋。时至今日，从厂长、厅长到会长，没有人怀疑过我，没有人举报过我。作为好厂长，以身作则是前提，己不正，不能正人。一个好厂长，不仅是一厂之标杆，也应该是社会之典范。

作为厂长，上要对国家负责，下要对全厂干部职工负责，要全厂干部职工爱厂如家，就首先要当好这个"家长"，把"家"建设好，把职工当亲人，想职工所想，急职工所急，办职工想办的事。当时会纺工人关心的"票子、房子、孩子"问题是要优先解决的问题。会纺的工资水平当时是三门峡市各企业中最高的，是河南省纺织企业中比较高的。除执行国家的工资政策外，厂内部搞了个"工资含量承包责任制"，把工资和产品产量挂钩，既提高了生产效率，又提高了职工收入。为了增加职工收入，厂里又给每个职工

陪纺织部领导参观工厂

每年 15 天的假期，如果不用这 15 天假期，就多发一个月工资。同时，厂里又给每个职工买了人身保险、财产保险。这些办法在全国史无先例。

那时厂里职工住房很紧张，我就大量盖房，为了使有限面积的住房更适用，我就组织二三十个能干的家庭主妇进行讨论，从而拿一个最佳方案。这是百年大计，要让住进新房的人，人人满意，要把好事办好。

1965 年建厂时，厂里招收的都是所谓"亦工亦农"的农民工，有 1000 多女工是"一头沉"，即丈夫在农村，妻子在工厂。为了解决"一头沉"，我找市公安局领导，利用三门峡县升市的机会，工厂拿了一部分钱把这 1000 多人的"一头沉"问题解决了。

还有职工子女考上市高中，每个人要交 2000 元的学费，厂里作出规定，凡是考上市一高的，费用统一由厂里报销。厂里工人凡是考入郑州、洛阳职工大学的，统统带工资上学。

会纺是三门峡市第一家安装了闭路电视的，是第一家创办了厂报《会纺报》的，是第一家拥有大礼堂、歌舞团的，是第一家有大澡堂、大医院的。会纺的家属区是当时三门峡市最干净优美的生活小区。

总之，作为厂长，我要让职工享受到改革开放的成果，享受到国家允许的好政策，享受到企业所能给予的一切福利。企业就是工人之家，工人就是企业的主人。我对全厂职工的信任、尊重、支持、关爱，像阳光和空气一样取之不尽、用之不竭。工人对我的信任、尊重，我也是随时随地都能感受到的。在会纺，人人爱厂如家。每天早上我换上工装，到车间巡视，遇到工人都要打招呼，经常向他们嘘寒问暖；遇到好媳妇，夸她们孝顺；遇到老师傅，赞他们技术精湛；遇到工长，说他们辛苦……每天的一遍巡视，都是对工人的一次激励和鼓舞，天天如此，就和工人打成一片了。同心同德，温暖和谐，我给工人一个家，工人报我一片心。

我在三门峡市的厂长中，是市委书记、市长的座上宾，他们对我的评价是：举重若轻，无为而治。

我不揽权，权是责任。我分工授权，我把厂长的权利尽可能多的分下去，分到不能再分为止。我只干别人干不了、不能干的，只能由我干的事。凡是能由别人干的事我都分下去。分权的原则是责任、权利相结合，以责为核心，责权相当。不能权大于责，也不能责大于权。各级干部都有相应的权利，不能越级指挥，但可以越级检查监督，不准越级请示，但可以越级举报。一般情况下，上下级之间不准请吃请喝，更不准送礼。

分工授权不仅极大地调动了各级干部的积极性、创造性，也满足了他们发挥才干的空间和平台，但也给各级干部画出了底线。我在会纺工作的这段时间及以后，会纺培养出了一批干部，有地市级的，有县处级的，没有一个犯错出轨的。现在他们都还在各自的岗位上发挥着重要作用。

"无为"不是不干事，而是不干自己不该干的事，自己应该干的事，要千方百计地干好。"不揽权"使我受益良多。一是减负，自己轻松了，从一般事务性工作中解放出来了，能更清醒地进行正确决策了，对于企业发展，思路更清晰明确了；二是培养锻炼了干部；三是企业管理更规范了，从而实现了企业管理科学化、规范化。

企业管理的一个关键就是职工队伍能否做到令行禁止，有没有执行力。企业管理不是靠领导"吆喝"，不是靠人管人，要靠规章制度管人，要做到领导在与不在一个样。

企业的规章制度就是企业管理的宪法，按宪法办事，按制度办事，并且不折不扣，就能够提高企业管理水平、生产效率及产品质量。降低生产成本，提高经济效益，违法乱纪现象的逐步克服，也靠纪律制度来约束，令行禁止不是仅仅贴在墙上的，而是贴在心上的，是要落实到行动上的，法不容情，在制度面前，人人平等。

"权衡"是一种心态，也是一门艺术。作为一个

在全厂干部大会上讲话

领导者不可过于执著。

会纺厂有一个供销科的原棉采购员，因一时糊涂收贿 1000 元，被开除并被判刑 1 年后释放。他爱人在我们厂布机车间挡车已经有 20 年了。她是一个非常勤劳能干、忠实厚道之人，育有一子十来岁了。挡车工来找我，哭哭啼啼的，挺可怜。我说："你回去让他来找我吧！"采购员来到我办公室，被我狠狠地批评一顿，然后我安排他去厂劳动服务公司工作，从而保全了这个家庭。

为什么说会纺的工人心齐，能做到令行禁止？这是长期靠严格遵守厂规厂纪培养出来的。在"11·2"事件中会纺工人表现出的镇静、临乱不惊、井然有序，绝非偶然。这样一支队伍是我用心打造的。多少年过去了，这些人都退休了，我也退休多年了，我怀念他们，我为他们感到骄傲。

1987年，全厂主要经济指标完成情况是：工业总产值6468万元，棉纱产量8836吨，棉布产量3136万米，利润总额640万元，上缴税金343万元。

1988年4月，《国营会兴棉纺织厂标准体系》一书出版。该书收录会纺122个技术标准，从而建立了会纺企业标准体系。

1988年4月21日，河南省计划经济委员会印发豫计经资（88）505号文件，对《关于中外合资经营新永纺织有限公司项目建议书》批复，正式批准会纺与澳门南光纺织品有限公司、中国进出口总公司合资经营"新永纺织有限公司"。

1988年5月19日，河南省人民政府以外经贸豫政资字（1988）会纺02号文件批准，三门峡会丰针织公司成立。董事长李书勤，副董事长黄安石（香港联丰企业公司董事、总经理）。

1988年6月4日，会丰针织有限公司第一期工程正式投产。

1988年6月6日，河南省委组织部和三门峡市委组织部派员到厂召开全厂干部大会，宣布李书勤厂长离任，调河南省纺织工业厅任副厅长。会后，我即在会场把我办公室的钥匙交给厂办主任周贵生，让周贵生把我的私人物品送到我家。从此，会纺给我的厂长办公室，我再没有进去过，甚至连到门口看一眼都没有。

我是 1983 年 6 月 6 日任会纺第一副厂长（当时没任命厂长），第二年 5 月 30 日正式任厂长。当年 7 月 10 日党委做出《关于经济体制改革意见》，将生产经营的决策权、指挥权、行政干部的任免权、职工的奖惩权移交给厂长。

上级任命我为厂长是对我的最大肯定和奖赏。五年来，我和全厂职工共同奋斗，创造出了一个一流的企业、一流的效益、一流的管理、一流的质量、一流的职工队伍，令全行业和全三门峡市人民称赞。每个会纺工人都为自己能成为会纺职工而引以为豪。我把工厂打造成职工之家，我把职工训练成守纪律的可用之才，我为许多杰出人士铺路。总之，这短短的五年我实现了自己的目标，这五年我一身清白，不谋一点私利，这五年是我厚积而薄发的五年，这五年是我一生中最出彩的五年。

三门峡市离函谷关很近，老子在函谷关著《道德经》五千言。读《道德经》，我感到《道德经》里的每句话，都是对我说的，我与老子的思想非常契合。老子在《道德经》里说："生而不有，为而不恃，长而不宰，功成不居，夫唯不居，是以不去。"我就是这样想，这样做的。

二十一　诗四首

闻书勤厅长教诲有悟

李东风

鹰城教诲未能忘，

细雨暖暖伴茶香。

宏观在宇天地阔。

微观在握终自强。

2015 年 12 月

作者李东风，河南省工程学院党委委员，工会主席。毕业于复旦大学国际政治系，硕士，副教授。17岁时，开始在杂志发表诗作。对诗词和中原民俗文化研究有所建树，多部著作获奖。作品曾获省政府、省委宣传部颁发的二等奖。

"发小"怀旧

——赠书勤学兄

慎廷凯

古稀亲朋团聚少，

唯有发小忘不了。

启蒙就读法海寺，

玉石塔下藏猫猫。

结伴初游云岩宫，

南山林中观飞鸟。

寒门胸怀鸿鹄志，

学优则仕谢父老。

2013 年 5 月 16 日

《漫漫锦绣路》脱稿，有感

漫漫人生路，

吹沙始见金。

读书甘如饴。

何顾晨与昏。

少苦不算苦，

践行须自身。

手持杨柳枝，

常扶有缘人。

孙子李如裴和诗

韶光斯已逝，

赤诚今犹存。

廉颇尚能饭，

汾阳全其身。

上善须躬行，

教诲镌在心。

吾辈修玄德，

砥砺报祖恩。

孙子李如装，今年 18 岁，深圳外国语中学高二年级学生，初涉古典诗词，颇受老师好评，和诗一首。

二十二　掩卷而思

在河南省纺织工业厅和河南纺织业界，大家都习惯称李书勤厅长为书勤厅长。书勤厅长是我的老领导，我认识他较早，与他交往三十多年了，彼此很了解，互相欣赏，感情很深。在他撰写的《漫漫锦绣路》成书之际，我欣然感到有很多话想说出来，以贺此书问世。

记得 1988 年的夏天。当时，我在河南纺织原材料公司工作，书勤厅长刚从三门峡会兴纺织厂来省纺织厅走马上任。有一位纺织厅领导带着他来到原材料公司会议室，宣布书勤厅长分管我们公司。那时他 45 岁，一米八二的高个头，身材修长，穿着得体，显得异常精神，吸引了大家的目光："呀，这么年轻就当厅长了，牛！"初次认识，让我仰慕不已。以后，真正与他交往，还是在他从领导岗位上退下来之后，更多的接触是在协会工作中。

在长期的交往中，我对他有了较深的认识。书勤厅长身上有许多优点和特点，值得学习。

他公正廉洁，不谋私利。1988~1991 年，正值计划经济与市场经济交替时期。棉花、纱布、化纤等纺织原料和纺织产品，实行国家统一分配。但是，指标又分计划内、计划外两种体制。在当时物资还不充足，经济欠发达，计划内指标和计划外指标价格不一样，计划内的便宜，计划外的贵，而且差价还相当大。

当时，纺织厅计划处管指标分配，原材料公司负责计划外指标落实。如广东针织业扩大生产急需棉纱，可河南虽是纺织大省，棉纱多，但没有"准运证"出不了省，一时"准运证"成了抢手货。由于利益驱动，分管此项工作的书勤厅长门庭若市，前来拜访的企业负责人络绎不绝。

可他只掌舵，不插手具体业务，指标分配公正公开，让别人放心，自己安心。为此，他所分管的部门单位干部职工，没有一个人出现经济问题，被传为佳话。

他乐于助人，关爱年轻人。有一天下午6点多，在下班的时候，书勤厅长碰见84届上海华东纺织工学院本科毕业生王双华，王双华在1985年进入河南省纺织产品质量监督检验测试中心工作，后来，他被抽调去参与创办纱布市场，纱布市场没有搞起来，1995年他又到豫纺科技公司工作。

书勤厅长问他："现在工作怎么样？"他笑着回答："公司不大，事情不多，有吃有喝，还可以。"书勤厅长说："你是有专业知识的本科毕业生，不能这样混下去，把专业知识丢了。你应该回到原单位，发挥你的优势。"于是，在 2001 年 5 月，书勤厅长就把他调回质检测试中心任总工程师。2015 年 5 月，他又出任河南省标准化研究院副院长、教授级高工。至今，王双华对书勤厅长的劝导感激不尽。

说起书勤厅长关爱年轻人进步成长的例子，还有很多，如罗丽敏、李新民、张健等。

他勇于担当，敢为企业鼓与呼。长期以来，棉纺企业棉花购进抵扣税率为 13%，而棉纺织产品增值税销项税率为 17%。这种不合理的"高征低扣""老大难"问题，企业多次反映，一直得不到解决。

2014 年 3~11 月，在他的运筹谋划下，协会组织企业家抱团，经过三次、历时八个月的奔走呼吁，终于在 2015 年 1 月 12 日，由河南省国税局、河南省财政厅发布《关于在棉纺纱加工业试行农产品增值税进项税额核定扣除办法的公告》，使这一问题得到解决。为企业减轻了税赋，提高了经济效益，增强了竞争力。

2016 年，自 5 月 3 日国储棉投放两个多月以来，由于日投放量不足、出库难等原因，造成棉花价格快速上涨，对纺织实体企业造成"无米下锅"的困境。又是他出面，筹划协会组织企业家集体发声，引起国家有关部门重视，最后通过确保每日投放量和延长投放期等措施，缓解了企业困局。

2017 年 11 月，企业向省纺织协会反映金融市场乱象：银行对企业抽贷、压贷或变相抽贷、压贷，以及利率大幅上浮等问题。书勤厅长听说后，挺身而出，组织协会企业家向国家有关领导和部门反映。2018 年 1 月 12 日，中国银监会以银监发〔2018〕4 号文下发《关于进一步深化整治银行业市场乱象的通知》，使这一问题有所好转。

他思想解放，见识超前。2015 年 11 月 27 日下午，"2015 河南省纺织企业家研讨会"在郑州黄河迎宾馆举行。三十多名企业家代表和省直有关部门负责人参加了研讨会。

会上，书勤厅长讲，德国提出"工业 4.0"，我国到 2025 年要迈入制造强国行列。目前，我国产业工人大多来自农村，身上带有农民的烙印，不适应工业现代化对产业工人素质的要求。我国的产业工人必须具备工匠精神，才能保证我国制造强国目标的实现。

那么，什么是工匠精神？他归纳了五句话、二十个字："一丝不苟，精益求精，耐心专注，追求极致，乐在其中。""工匠精神不仅是企业发展的需要，更是时代的呼唤。大工匠需要企业家的激励、培养和扶持。企业家要树立大工匠意识，弘扬大工匠精神，为职工搭建一个成为大工匠的广阔平台。"

他还说:"我们要在河南纺织行业形成一种氛围、创建一个机制、掀起一个争创大工匠的热潮!并且一代一代传下去,力争在2025年前,培养出一批在全国有影响力的纺织大工匠。"

他的七分钟讲话,博得大家的热烈掌声和认同,并成为河南纺织行业协会的下一个工作目标。

2017年8月17~18日,"2017河南纺织高层论坛"在太康县召开。中国纺织工业联合会党委书记、秘书长高勇,中国纱线网主编王果刚等先后作了精彩讲话。会上,授予魏学柱等11名同志"河南纺织行业功勋企业家"称号,并予以颁奖。

接着,书勤厅长又对企业家们提出,要继续弘扬"企业家精神",即永不言败的拼搏精神、勇于开拓的创新精神、为国分忧的担当精神、爱岗敬业的工匠精神、一诺千金的诚信精神。

他为企业家的精彩点赞,赢得了全场三百多名与会代表经久不息的掌声!更令功勋企业家们心潮澎湃!

他好学不倦,知行合一。他兴趣广泛,古今中外、天文地理等书籍都爱读,并注意学以致用。无论大会小会,他发言都是即席讲话,从不念稿子。

有一次,我随他去北京出差,闲暇时徜徉在王府井大街，在一家文物商店里看到，茶几上摆放着一盆曼陀罗花和财神关羽的像，甚是纳闷。于是，请教书勤厅长，书勤厅长就从印度佛教到中国佛教，从达摩到关羽，从曼陀罗花到莲花……侃侃而谈。原纺织部部长杜钰洲曾称赞他是河南纺织的 GPS、"百度"。我们称他是"百科全书"、良师益友。我们遇到什么不懂的问题都爱请教他，他总是不厌其烦，有问必答。

如今，书勤厅长虽已年逾古稀，可他的精神状态和对美好生活的热爱不减当年。出行他会用"滴滴打车"，购物他会"微信支付"，节假日总能收到他发出的"红包"。在每天晨练的人群中也总能看到他的身影。

翻开书稿，你会看到，他出身贫苦，十三岁下煤窑打工，十四岁上水库工地劳动。由于他刻苦努力，坚持不懈，所以他在学校是学霸，当工人是先进，当厂长是一流，当厅级是优秀，当会长是旗帜。他靠奋斗，凭本事，一步一个脚印，走出了一条锦绣之路。

此书，他以自己的亲身经历，引述了历史上大量的事实，记录了大半生的人生感悟，折射反映了时代的变迁。这是一部大事不虚，小事不拘，引发同时代人共鸣，启示青少年励志的自传体作品。他在写自己，更在写那个时代。它是故事，却超越故事。它是历史，也充满反思。

他高风亮节，德高望重。三门峡市领导评价他"举重若轻，无为而治"，单位同事评价他"与世无争，坦然潇洒"，业界同仁评价他"漫漫锦绣路，奕奕精气神"。

说起书勤厅长，还得讲讲军功章的另一半樊怡怡老师。一位南方嫁过来的温州女子，从青丝到白发，无怨无悔，更多的是满足和幸福。与她相处，感受更多的是春风和阳光，贤惠与善良。有一次，她看到我女儿没有御寒的背心，便立刻跑到市场买了毛线，一针一线编织着"慈"和"爱"，我女儿穿上十分合体。每当看到这件背心，我都会感到温暖，感到母爱般的深情。不经意的一个举动把人心融化，我教育孩子永远记住这份恩情。书勤厅长，樊怡怡老师，这对并蒂莲永远盛开在我的心里。

现在我肩负着光大河南纺织工业的重任。我有了更多接触书勤厅长的时间和学习机会，不能不说是上苍的恩赐，今生有缘。

河南省纺织行业协会常务会长：袁建龙

2018 年 1 月 24 日